講談社文庫

今夜、すべてのバーで

〈新装版〉

中島らも

講談社

目次

「なぜそんなに飲むのだ」

「忘れるためさ」

「なにを忘れたいのだ」

「……。忘れたよ、そんなことは」


（古代エジプトの小話）

今夜、すべてのバーで

「普段からこんな色なんですか、あんたの目」

医者がおれの上下のまぶたを裏返してのぞき込む。

「はあ。ま、どっちかっていうと濁ってるほうですが。でも、すこし黄色っぽいかな」

「〝すこし〟じゃないでしょう。顔の色だってほら、まっ黄色だ」

「黄色人種だからね」

おれは口をきくのもだるかったのだが、癖で軽口を叩いてしまった。

「冗談言ってる場合じゃない。黄疸《おうだん》だよ、これは」

年配の看護婦が、さっき取ったばかりのおれの血液検査の結果を持ってきて医師に渡した。医者は鼻眼鏡の奥の、糸のような目で検査用紙を見ている。おれもその紙をのぞこうとしたら、ついっと紙を立てて隠した。

そして、その用紙越しに医者はおれの顔を二、三秒、黙ってながめた。

「あなた。この病院まで独《ひと》りで来たの？」

「はい」

「よく歩いてこられたね」

「は。じゃっかん、つらかったです。だるくて……」

「生きてるのが不思議なくらいの数字だよ、これは。γ《ガンマ》GTPが一三〇〇だって……

いったいどれくらい飲んだんだ」

「一本くらいですね」

「毎日かね」

「毎日です」

「それを何年くらい」

「十八からですからね。十七年くらいかな」

医者はため息をついて、カルテにその数量を書き込んだ。

「入院してもらいますよ、気の毒ですがね」

少しも気の毒なことなんかあるものか。とにかく、一分でも早くベッドの上に倒れ込みたいのだ。

「ちょうどあと一時間ほどで相部屋のベッドが空《あ》くからね。準備があったらすませて、二時以降にもう一度この受け付けへ来てください」

「わかりました」

おれは、のろのろとした足取りで、とりあえず消毒薬臭《くさ》い病院の建物から外へ出ることにした。この市立病院の前にかなり広い公園がある。そのベンチで横になる腹だ。

公園には車椅子に座った婆さんが一人。皮膚病やみの犬が一匹。砂場で一歳くらいの男の子が母親に見守られてよちよち歩きをしている。

おれはベンチにへたり込むと、椅子の背に首をあずけて足を投げ出した。

十月の遠くて澄んだ空が目に飛び込んできた。すっかり緑の褪《あ》せた樹々の葉が風に揺れている。少し、寒い。

ゆっくりと見まわすと、公園の樹々の向こうに、道ひとつ隔てて酒屋があるのが見えた。

「おやおや。〝最後の一杯〟をやれってことかよ」

おれは苦笑いした。アルコールの神さまにしては乙《おつ》な趣向だ。膝《ひざ》に両手を当てて立ち上がり、酒屋の自動販売機に向かって歩いた。

あいにくウィスキーのポケットビンは自販機にない。かといって、黄疸まる出しの顔で店内にはいって店員に笑われるのはいやだ。ジーンズのポケットからあるだけの小銭を出して、ワンカップを二本買う。

もとのベンチにもどって、ワンカップのキャップをはずす。

「おさまってくれるだろうか。吐いちまわないだろうか」

すこし心配だ。ここ何日も、飲んでは吐きのくりかえしだったのだ。

一口、ふくんでみる。口腔をピリピリさせたあと、酒は細い蛇《へび》のように食道をおりていく。だいじょうぶだ。一息で残りを飲んでしまう。電熱コイルにスイッチがはいった感じで、胃の腑《ふ》と食道に、ぽっと灯《ひ》が点《とも》る。

二本目のワンカップのキャップをはがす。

これがとうとうこの世で最後の一杯なのか、と思うと、ついガラスの中の液体をながめてしまう。別に感傷的になったわけではない。「性悪女《しょうわるおんな》」の顔を、別れる前にもう一度拝んでおこう、といったところだ。

おれの身体の症状のことごとく、くっきりした矢印で「肝硬変」をさし示している。生きてこの病院を出られる気が、どうもしない。そんなになったのも、もとはと言えばこの「性悪女」の……。愛《いと》しさ半分憎さ半分のまなざしでにらんでみるのだが、どうも勝手がちがう。清酒は、あくまでその名のごとく玲瓏《れいろう》と澄みきって優しい香気を放っている。

「そうだな。女の悪口はやめよう。長い間、世話にもなったし、いい夢も見させてくれたんだ」

おれは卑怯《ひきょう》を恥じて、その「福娘」にあやまった。あやまりつつ、ワンカップに何度も深いキスをし、彼女を少しずつ飲みくだした。

公園はしんと静まり返ったままで、ときおり遠い車のクラクション、地を舞う鳩《はと》の羽音。

車椅子の婆さんはあいかわらず陽《ひ》をざらざらあびたまま、動かない。

砂場の小さな男の子は、何度転んでも泣かずに、キャッキャと笑っている。水蜜桃《すいみつとう》の頬。白目の色が湖底のように蒼《あお》い。

砂だらけの膝で立ち上がったその子と目が合ったおれは、「お猿の顔」をしてやった。男の子はくっくっ笑った。おれは手を振ってやった。男の子もこちらに手を振った。若い母親は、おれを見て、あいまいな笑みを浮かべている。

おれは頭の中で坊やに話しかけた。

〝ほら、ぼく見てごらん。おさるさんだぞ。まっ黄っ黄のおさるさん、イエローモンキーだぞ。おとなになってお酒を飲むと、いろんな色になるんだぞ。赤くなったり青くなったり黄色くなったり土色になったり。おじさんだって子供の頃はぼくといっしょで桃みたいな色してたんだけどな〟

若い母親は、おれがじっと坊やを見つめているので危険を感じたのだろう。子供の手を引っ張ってそそくさと帰る態勢にはいった。坊やはニコニコとおれに手をふって〝バイバイ〟と言った。

おれはワンカップの底に残った酒を一気に飲み干して、立ち上がった。立った拍子に、胃の奥から吐き気もいっしょにゆらりと立ち上がったような気がした。喉元《のどもと》にせり上がってくる酸《す》っぱい気配を、あわてて飲みくだす。

病院へ戻り、入院の手続きをすませる。

部屋は二階だ。階段がやけに長く、永久に続くように思われた。

案内されたのは五人部屋で、すでに先住人が四人、寝たり座ったりしている。八十歳に近そうな老人が二人。四十がらみの鉛色《なまりいろ》の顔をした男、それにもう一人はまだ十六、七の少年だ。

それぞれに目顔であいさつをする。

おれのベッドは窓際にあって、バリッとした白く清潔そうなシーツがかけられていた。

それを見たとたん、体力気力の糸が切れた。

棒つきれのように横たわる。

シーツは日なたの匂いがした。


〈二〉


病いの床とは思いのほか忙しいものだ。

ベッドに倒れ伏して、とろりと眠りかけたとたんに、耳元へガラガラでかい音が近づいてきた。目をあけると、若い看護婦が点滴器具のぶら下がったポールを押してこちらへ向かってくるところだった。彼女はカルテをみながら、事務的な口調で、

「小島さん。小島容《いるる》さんですね」

「はい」

「点滴をしますので腕を出して、こぶしをギュッと強く握ってください」

「あの……」

「はい？」

「右腕、左腕？」

「どちらでも、お好きな方を」

こんなものに好きも嫌いもないだろうが、おれは右の腕を出してこぶしを握りしめた。静脈がすぐに立ってくる。看護婦が針を取り出した。おれは見ないようにした。シャブ中にならずにアル中になったのは、子供の頃から注射が嫌いだったせいかもしれない。

針はどうやら一発で血管を仕留めることができなかったらしい。看護婦が口の中で、

「こら、逃げるな」

とつぶやいているのが聞こえた。

「三十分くらいで液がなくなりますから、終わりそうになったら枕元のベルを押してください」

あわただしく彼女が去ると、今度は中年の看護婦がはいってきた。

「投薬です。西浦恭三郎さん」

「はい」

入り口近くのベッドの上に座っていた老人が答える。しわだらけの顔、ぽちっとした黒目がちの目、禿げあがった額《ひたい》の具合、背をまるめてちょこんと座っている風情《ふぜい》。どこをとってもオランウータンにそっくりだ。いまにもグルーミングを始めそうな、どことなく可愛い感じのする爺さんだ。

「西浦さん、お通じの方はどうですか？」

中年の看護婦は、爺さんの耳元で、かなり大きな声で話しかける。

「はあはあ、おかげさんでな」

「あ。お通じありましたか？」

「あきまへんな」

「あら、まだ出ませんか」

「わたしも頑張ってはおるんですけどな……」

爺さんは目をしょぼしょぼさせて、申し訳なさそうに言う。

「じゃあね、今日このお薬飲んで、まだ駄目だったらおっしゃってくださいね。先生にも相談しときますから」

「はいはい。すんまへんな」

「それと、どうですか、少しは歩いてますか？」

「ああ？　いや、歩けしまへん」

爺さんのベッドの横にはリング状の手すりにパイプの支《ささ》えとキャスターがついた歩行用の補助器具が置かれている。

「西浦さんね。ちょっとつらくてもね、少しずつでも歩かないと駄目よ。歩けないからって、座ってばっかりいたら、筋肉がどんどん弱っていくんだから。座っててよくなるんだったら別だけどね。そうじゃないんだから」

「へえ、へ。……けど歩かれへんもんを歩け言われてもな……」

「だから、この支え使って少しずつでも動く練習しないと。ね？」

「へえ、へ」

爺さんはまた哀しそうに目をしばたたかせた。

「綾瀬保《あやせたもつ》さん」

「はい」

おれの向かいのベッドの少年が答えた。

「綾瀬さん、昨日おしっこ出してないでしょ」

「あ、すいません。忘れてて……」

「だめですよ。当分毎日検尿していかないと。おしっこが出ないとか、そんなんじゃないわね？」

「いいえ、出ます」

少年は赤くなって、照れ笑いを浮かべている。この年頃で女の人から「おしっこ」「おしっこ」と言われるのは恥ずかしいのだろう。

「吉田垂水《たるみ》さん」

「ほぉい」

おれの隣りの老人がむっくりと上半身を起こした。この人は、ベッドの上に台のようなものを置いて、そこに包帯で巻かれた右足をのせている。

「いかがですか？」

老人はギョロリと目をむくと、割れ鐘のような野太い声で答えた。

「いかがも何もあんた。痛くて痛くて全然眠られんですよ。この、糞足が！」

「そう。眠れませんか」

「ああ、さっぱり眠れんな。痛くってな。こんなもの、あんた、いっそ切って捨ててしもうたほうがスッとするぞ」

「困りましたね。じゃ、後で先生に言っときますから、もう少し強いお薬出してもらいましょうか」

「ああ。たのんますで」

「はいはい。えっと、福来益三《ふくらいますぞう》さん」

「はい」

これは鉛色の顔の中年男だ。

「どうですか。変わりないですか？」

「うーん。だるいな、やっぱり」

「だるいですか」

「だるいねえ。うん」

「明日の朝、腹部エコーの検査ですから、朝食抜いてくださいね。水も飲まないようにね」

「ああ。わかりました」

張りのない声で答えると、男はまたごろりと横になった。こちらに向けられた足の裏の皮膚がかさついている。

「小島容さん」

「はい」

「あ、そのまま寝ててください。点滴中ですから」

「はい」

「小島さんは今日入院ね」

「はい」

「じゃ、だいたいのこと説明しときましょうね。これが入院規則の印刷物です。ここにみんな書いてありますけれど。朝食は七時、昼食は十二時、夕食は四時半です。消灯は九時ですからね」

「九時に消灯ですか。ずいぶん……」

「病院ですからね。ほかの患者さんの迷惑になるので、九時には消灯して、テレビ、ラジオもそれ以降は遠慮してください。一階のロビーには共同のテレビがありますけど、これも九時には消しますので」

「はい」

「入浴は地下一階にお風呂があります。月・水・金の三時から六時までの間に利用してください。それから外出、外泊は先生の許可を得たうえで、看護婦詰所にある用紙に書いて申請してください」

「ことに午前中はいろいろと検査がありますから、病室を離れてうろうろしないようにしてください」

「はい」

いまのおれにはこれはたぶん無用の拘束《こうそく》だろう。「うろうろする」体力など、逆さにふってもありそうもないからだ。

「平日はだいたい三時以降に先生の回診があります。それから金曜日には院長先生の回診がありますから、このときはおふとんもきちんとたたんで、服のボタンなんかもすぐ診《み》ていただけるようにはずしておいてください。その他、わからないことは看護婦詰所で尋ねてください。急用の場合は枕元のベルで呼んでください。病室内は禁煙ですから、煙草は必ず廊下中央の喫煙室で吸ってください。よろしいですか？」

「わかりました」

「それからこれは小島さんのお薬です。毎食後三錠ずつ忘れないように飲んでくださいね」

「はい」

木箱にはいった錠剤が枕元の机上に置かれた。ただのビタミン剤のようだ。

看護婦が出ていくと、病室内の患者たちはてんでになにかぶつぶつとつぶやき始めた。

　オランウータンの西浦爺さんは、

「歩かれへんもんを歩け歩け言われてもなあ。殺生《せっしょ》なこっちゃで」

　と愚痴っている。吉田の爺さんは、顔をしかめて、〝ああ痛い、ああ痛い〟を繰り返す。

　こんなやかましい所で眠れるもんだろうか、と思いつつも、目をとじるとすぐにうつらうつらしてきた。とたんに誰かが肩を揺さぶった。点滴の針が抜かれて腕がチクッとする。

「小島さん、小島さん。起きてください。先生の回診です」

　目をあけると、さっきとは別の、小柄な看護婦が立っている。その後ろに白衣を着た不精《ぶしょう》ヒゲの大男が立っておれを見おろしていた。浅黒いヒゲ面《づら》の顔。太い眉の下のどんぐりまなこが異常に強い光をたたえている。どことなく日本人離れして、ターバンを巻いたらよく似合いそうな面がまえだ。

「小島容さん？　あんたの担当の赤河だ。腹」

　赤河医師は、

「腹」

と言ったまま、じっとおれの目を見ている。

「え? 何ですか」

横の看護婦があわてて言った。

「診察しますから、お腹《なか》を出してください」

〝腹〟じゃわからんだろうが。おれは少しむっとしつつも、おとなしくTシャツのすそを胸元までまくり上げた。

「膝を立てて、楽にして」

赤河はまず聴診器でおれの胸のあたりを押さえてみてから触診を始めた。あばら骨の下のあたりに手刀のような形に揃えた指先をぐいっとめり込ませる。

「大きく息を吸って。吐いて」

指先の位置をずらせる。

「吸って、吐いて」

それを五度ほど繰り返した。

「ふむ、ふむ」

「腫《は》れてますか、肝臓……」

「自分でわかるだろ?」

「はい。張ってる感じがあって、痛いです」

「フォアグラだよ、いまのあんたの肝臓は」

「は？」

「フランス料理にあるだろうが。鵞鳥《がちょう》の喉《のど》にむりやりチューブ突っ込んで栄養を与えて肝臓肥大にするんだ。食ったことないか」

「ええ」

「うまいぞ」

「そうですか」

「あのパンパンに肥大したフォアグラだよ、あんたのは。いいか、ここが肝臓のはしっこのとこだ」

赤河はまたあばら骨の下に指を突き入れた。

「息を吸って」

おれは大きく息を吸った。腹の中で、何かが赤河の指先に当たって、ぶるんとふるえる感覚があった。

「ほら、わかっただろ」

「はい」

「普通の状態なら触診してもそうわかるもんじゃないんだ。あんたのはパンパンに腫れてそれが肋骨に当たって圧迫されてる状態だ。寝るとき、どういう姿勢で寝る？」

「え。寝る姿勢ですか。たしか、部屋のベッドが、くっついてる壁のほうを向いて寝てるかな、いつも」

「そんなこと言われても私にはわからんじゃないか。要するにこうしてるんだろう」

赤河は馬鹿力でおれの右肩をつかんで半分上に起こした。ずいぶん乱暴な医者だ。ただ、たしかにそれはいつものおれの就寝ポーズだった。

「ええ、こうです」

「ふむ」

「どうしてそんなことがわかるんですか」

「肝臓のある右腹を下にすると圧痛《あっつう》がするから、左を下にして寝るんだ。肝臓のある側を庇《かば》うわけだ」

「なるほど」

おれは他愛もなく感心した。

赤河は次におれのてのひらを見、何ヵ所かを指の腹で押した。一ヵ所、とびあがるほど痛いところがあった。

次に赤河はおれの胸元の肌をじっと観察し、それからまぶたをひっくり返して眼球の色を調べた。

「あんた、私に向けて息を吐いてみろ」

「え。息をですか？　弱ったな……」

「どうしたね」

「今日は歯を磨いてないもんで」

ほんとうは、さっき飲んだ酒の匂いがばれるのが恐《こわ》かったのだ。

「くだらんこと言うんじゃない。いいから吐いてみろ」

おれは腹を決めて、酒臭い息を赤河の顔に思いっきりふきつけた。赤河は表情も変えずに、

「ふん。ずいぶんいい匂いだな。ここへはいる前に飲んできたのか」

「すみません」

「私に謝まったって仕方ないだろう。てめえの肝臓に謝まるんだな。いいか、肝臓ってのはガタがくると、肝臓臭っていう独特の匂いが口臭に出るんだ。それを調べたいから息を吐けって言ったんで、向かいの公園でワンカップ飲んだかどうかなんてどうでもいいんだ」

おれはすこし薄気味わるくなった。この医者は、あれを見ていたのだろうか。

「それで、先生、どうなんでしょうか」

「なにが」

「おれの肝臓ですけど……」

「それはわからん」

「え。わかりませんか」

「わからん」

「肝硬変だとか、肝臓ガンだとか……」

「ま、血液検査の数字を見ても、非常に危い状態だというのはまちがいない。ただな、あんたも聞いたことあるだろうが、肝臓という奴は〝沈黙の臓器〟って言われてるくらい、めったに悲鳴をあげない内臓なんだ。あんたみたいに自覚症状が出て入院してくるってことは、よっぽどの事態だってことだ」

「はい」

「詳しいことは肝生検《かんせいけん》をしてみんとわからん」

「カンセイケン？」

「腹に穴をあけて、肝臓の細胞を取るんだ。それを調べる。そのときに腹腔《ふくこう》内にスコープを入れて、表面の状態も調べるんだ」

おれは背筋がぞくっとした。注射でさえ嫌いなのに、腹に穴をあけて肝細胞を取る？　スコープでのぞく？

「あの、それって、痛いんでしょうね」

「なに？」

赤河はぎろりとおれをにらんだ。

「腹に穴あけるのに、痛くない人間がどこにいる。痛いに決まってるだろうが」

「はあ」

「ごちゃごちゃ言うようだったら、麻酔なしでやってやろうか？」

「あ……いや……」

「とりあえず、今日から一週間は、毎日採血して数字を調べる。そのほかにもいろいろ検査があるからな。消化器系はバリウムで調べる。アルコールの場合、糖尿病の併発が多いのでその関連の検査。腎臓《じんぞう》、膵臓《すいぞう》機能も調べる。ＣＴスキャン、腹部エコー。ある程度体力が戻ったら肝生検だ。けっこうハードだよ」

「は。そうみたいですね」

「ただな、肝臓に関しては、特効薬みたいなものはない。巷《ちまた》で売っとるような強肝剤は、ありゃ全部パチモノ、と言って悪けりゃ補助的なものでしかない。唯一の治療法というのは、安静、睡眠、高蛋白《たんぱく》の食事だ。ここで出すのはその指示通りの栄養とカロリーを含んだ食事だから、無理をしてでも残さずに食べるように。いいな」

「はい」

「とりあえず、今日から五日間は、排尿量の検査をする。この廊下の西側のトイレに、あんたの名前を書いたビニール容器が置いてある。小便はビーカーで取って必ずその中に入れるように。排尿総量を調べるんだからな」

「わかりました」

「それから、今晩あたりから二、三日のうちに、退薬症状が出てくる恐れがある」

「退薬症状？」

「一般に禁断症状と言われてるものだ」

「あの、小さな大名行列が机の上を進んでくるっていう……」

「そんなもの見たことあるのか」

「いえ。この十七年間、酒の切れた日がほとんどないもんですから」

「手がふるえたり、冷や汗が出たり、見当識《けんとうしき》がなくなったりすることがある。もっと危い場合には、アルコール性てんかんでひっくりかえったりする。アルコール性低血糖におちいることもある。これはヘタすると死ぬ場合がある」

「…………」

「私らも注意しておくが、すこしでも変なところを感じたら、すぐ看護婦を呼ぶように。遠慮は禁物だ。すぐにではなくて四十八時間以降に退薬症状が出てくる場合はもっとひどい症状で出る。二日たったからといって安心せんようにな」

「もっとひどいっていいますと」

「全身がガクガクふるえたり、振戦譫妄《しんせんせんもう》、ちっちゃな虫とか動物が体中を這《は》いまわってる幻覚とかだな。あるいは人が自分を殺す相談をしている声が聞こえたりもする」

「あんまり楽しそうじゃないですね」

「地獄だ。今までにそういうことはないのかね」

「ありません」

「胃は満足に残ってるか？　切ったことはないか？」

「ありません」

「そうか。胃を切除したアル中には、けっこうこれが起こるんでね」

「おれは、変に胃腸が丈夫で。ヘビードリンカーになったのも、妙に飲めたからだと思うんですね。ストップかけるものがなかったから……」

「そんだけ頑丈な胃なら、メシくらい食えるだろう。とにかくメシ食って横になる。それだけが治療法だからな」

「わかりました」

「ま、今日はそんなところだ。採尿とビタミン剤飲むのを忘れんように。どうしても眠れなかったら薬を出すから詰所に言いなさい」

「わかりました」

赤河は、ぬっと立ち上がると大またに病室の入り口まで歩いた。出ていきかけて一瞬止まると、くるりとこちらを振り向いた。

「一番大事なことを言い忘れとった」

「はい？」

赤河は俺の目をじっと見つめて言った。

「……飲むなよ」

俺は呆《あ》っ気にとられた。

「はい。もちろんです」

「一滴でも飲んだら、命の保証はせんぞ」

「はい」

赤河は俺に向けていた目を、さっと移動して、中年男の福来益三のベッドにふり向けた。福来は赤河に背を向けて、つまり「左の脇腹を下にした」姿勢で狸寝入りをしていた。福来の半眼に開かれた目が、どんよりとおれの方に向けられていた。

赤河はしばらくその福来の背をにらみつけていたが、やがてきびすを返して病室を出、重い足音を廊下に響かせて行った。

〈二〉

この病院は、どうしてもおれを眠らせないつもりのようだ。

赤河が去った後、まどろみかけたところで廊下をガラゴロと雷のような音が近づいてきた。病室の戸が開き、頭に三角巾、マスクで顔をおおったおばさんがワゴン車を押して入ってきた。

「夕食でえす」

病室の全員がむっくり起き上がる。全員素早く、枕元のテーブルからスライド式にはめ込まれた食台を引っ張り出す。おれもあわててそれを真似る。引き出し加工になったその板は、上部にアルミの板が張られて銀色に光っている。

マスク姿のおばさんは、ワゴンの中の盆《ぼん》を取り出しながら、その盆に添えられた名札を読み上げていく。

「西浦さん、はい。福来さん、はい。綾瀬さん、はい。吉田さん、はい。小島さん、はい」

みごとな素早さで、各自の机に食事が配給される。おばさんは一礼すると、またワゴンを押して、隣りの病室へ去っていった。

おれは置かれた自分の盆の中をのぞき込んだ。プラスティックの丼《どんぶり》の中に、七分目ほどの白粥《しらがゆ》がはいっている。別の平皿には豆腐と根菜の煮物、アルミホイルに包まれた魚片の蒸しもの、梅干し。

これが赤河の言っていた、「高蛋白高カロリー」の栄養食なんだろうか。おれは首をひねった。

それとなく同室の他の患者の食事に目をやると、なるほど病状によってそれぞれの献立がちがうようだった。粥の人もいれば普通の白飯の人もいる。綾瀬少年などは気の毒に、貝の汁と野菜と粥だけだった。若いのにそれでは保たないだろうが、たぶんそれは腎臓病の患者用の特別食なのだろう。

どうやら同病者であるらしい福来氏の食事は、おれとまったく同じメニューらしかった。オランウータンの西浦老にはなんと「バナナ」が一本ついている。バナナを手にした西浦氏は、もはや人間の姿とは思われなかったが、おれには笑う元気がなかった。

総体に食事内容はいかにも病人食で、脂《あぶら》っ気のない、消化のいいものばかりで占められているようだ。ま、いずれにしてもおれにはどうでもいいことだ。まったく食欲というものがないのだから。一口でも固形物を入れたら吐いてしまいそうな気がする。

事実、この半月ほど、おれはウィスキーとミルク、ハチミツ、この三種の液体だけしか口にいれていないのだ。「露命《ろめい》をつなぐ」とはまさにこのことだろう。食道もたぶん細くなっているだろうし、胃にいたっては握りこぶしくらいの大きさに縮んでいるような気がする。

粥を一口だけ食ってみようか、とも思ったのだが、ひとさじすくって口元に持っていくと、むうっとした温気《うんき》が鼻の穴を襲った。腹の奥から酸がせり上がってくる。おれはあきらめて、手つかずの盆を廊下の回収用プレートの上に出した。

立ったついでにトイレにも行く。

なるほど、一方の壁に大きなビニール袋がずらっと並んでいて、その中に尿がためてある。袋にはおのおの「西浦」「吉田」と名札がついている。袋の側面には目盛が印刷されていて、採尿総量が読めるようになっている。おれの袋もかかっているが、これはもちろん空《から》でペシャンコだ。

おれは並んだ袋をざっと見渡して、誰が「排尿ナンバーワン」かを見比べてみた。文句なしに吉田垂水老がトップだった。普通の人の倍の量はある。なみなみと袋に満ちて重量感がある。別に多いものがえらいというわけではないだろうが、おれはその圧倒的な量に「威圧」された。

トイレの入り口附近に置いてあるビーカーを手に取る。〝採尿後はよく洗って戻しておいてください〟と書いたラベルが貼ってある。病院というところは、やたらに何にでも貼り紙がしてある。

ビーカーに向けて放尿する。おれはいやな気分になった。尿がまだ紅茶かコーラのような色のままなのだ。この褐色の尿は、三ヵ月ほど前に初めて出た。最初は驚いた。比喩ではなくて、ほんとうにコーラのような色をしていたからだ。おまけに胸のむかつくような、いやな匂いがする。

そのときは、二、三日でもとの色にもどった。過労だろうというので、そのうちに忘れてしまった。そして、ここ二ヵ月ほど、過飲のたびにこの黒い尿が出るようになり、ついに元にもどらなくなった。

おれは悪臭に顔をしかめて、そのコーラ色の液体を、自分の名札のついた袋に流し込んだが、できれば捨ててしまいたい気分だった。隣りにぶら下がっている吉田老の袋の、黄金色の液体の堂々たる量。その横に並んだおれの袋は暗くしおたれていて、まるで吉田老の袋の「家来」のようだった。

おれはこの自分の黒い尿袋が不特定多数の人間の目に触れると考えると、異常なほどの「恥ずかしさ」を覚えた。それはここ何年も感じたことのない、「身も世もあらぬ」ほどの恥ずかしさだった。

こういう場合、おれは論理的な判断を放棄して、自分の感情に従うたちだ。迷わず水道の蛇口のところへ自分の尿袋を持っていくと、袋の中へ水道水を勢いよく流し込んだ。一リットルくらいの水を足して、元のところへかけ直す。さっきまでみすぼらしかった尿袋は、いまや妊婦の腹のごとくたわわに膨《ふく》れ、どっしりとした量感を見せていた。コーラ色だった色相も適度に薄まって、人間の尿らしい色合いになった。となりの吉田老のものと見比べても何ら見劣りしない、みごとな尿袋である。おれはたいへん満足した。

考えてみると、これが尿の量の測定だけのためのものならいいのだが、一部を尿検査にまわす、なんてことはないだろうか。そうすると、おれの尿からは通常人間の体からは検出されないはずの、塩素だのカルキだのが出てくることになる。

おれは、小学校のときのクラスメイトのことを思い出した。彼は、検便提出のときにどうしても便が出なくて、苦しまぎれに飼っていたイヌの便をマッチ箱に入れて持っていった。

一週間後に彼と親は保健所から呼び出しをうけた。何が検出されたのかは知らないが、保健所員は顕微鏡をのぞいて半狂乱になったにちがいない。

ま、そういう騒ぎになったらなったときのことだ。

ひと仕事終えると、たったそれだけの緊張でぐったりとなってしまう。

おれは、もう半日以上も煙草を吸っていないことを思い出した。

廊下の中央まで歩いていくと、そこに喫煙室がある。ベンチをふたつ置いた、四畳半ほどの小部屋だ。本棚があって、マンガ本や週刊誌、新聞などが積まれている。

おれは腰をおろして、トレーナーのポケットからロングピースを出し、一本抜いて火をつけた。

　窓は向かいの公園に面している。ガラス越しに樹々の枝と窓枠に切り取られた空が見える。六時前だというのにもう陽は沈んだらしい。闇がたちこめている。

　深く煙を吸って吐き出す。体がガタガタなので、煙草はうまくない。ただ、点滴が効《き》いたのだろう。少しは楽になったような気もする。

　一本目のロングピースを吸い終わりかけた頃、福来益三が喫煙所にはいってきた。目礼する。

　福来はショートホープを出してくわえた。おれは火をつけてやった。

「あんた、メシ、食えんかったかね」

「ええ。何も食う気がしなくて」

「そうだろうなあ。あんたも酒か?」

「ええ、酒です」

「肝臓か?」

「たぶん、そうだと思いますけど。γGTPが一三〇〇だって言ってましたから」

「そりゃ、あれだよ。アルコール性肝炎か肝硬変かだな」

「そうでしょうね」

「若いのになあ。いくつ、年」

「三十五です」

「若いのになあ。一番飲めるときなのになあ」

「ま、人の一生分くらいはもう飲んじまいましたからね」

「人の一生分ねえ。若いのになあ」

「福来さんも、酒ですか？」

「ああ、私はもう、三回目。運ばれるの。今回なんか、腹水《ふくすい》が溜まっててカエルみたいな腹になってたものな」

「そりゃたいへんですね」

「その腹水がなかなか退《ひ》かなくて。入院したときには盆までには帰れるだろうと思ってたんだがね」

「もう、長いんですね」

「そ。〝腹水盆に帰らず〟といってね」

福来氏はそう言うと目をくわっと見開いて、〝かっかかかっ〟と笑った。おれはすこし困ったが、ついつい愛想笑いをしてしまった。

「しかしな、この病院っちゅうのも、考えようによってはいいところだよ」

「そうですか？」

「私の場合、入院してると一日一万円出るからね、保険で」

「ああ、そうなんですか」

「ここにいりゃ、金使うこともないしさ。三食ついてて、ま、あれでお銚子《ちょうし》の二、三本もついてりゃ言うことないんだがね」

「はあ」

「ま、そこはそれなりに方法もあるってなもんだからね。一回入院すると、もうまともに働こうなんて気はね、ちょっとね」

「福来さん、本職は」

「ふぐだよ。ふぐの板前」

「あ、板前さんですか」

「あの駅前の〝大筒〟ってふぐ屋にいたんだけどね。もう、こうなると働く気しなくてね。保険で出るからね、一万円」

「いいですね」

「あんた、脱走して行くんなら連れてってやるよ、〝大筒〟」

「あ、いや。ちょっとそういう元気は」

「そうかあ。いい寿司屋もあるんだけどな、駅のあたりには」

「病院抜け出して飲みに行ってるんですか？　肝臓悪いのに」

おれはすこし驚いて尋ねた。福来は、半眼に細めた目でおれを見て、

「赤河先生には言わんでくれよ」

「あ、もちろん」

「あいつ、私のこと嫌ってるからね。強制退院させたくてうずうずしてるんだ。そうはいかないよ。一日一万円出るんだからね、保険が。絶対あいつには言わんでくれよ」

「はい、言いません」

「しかし、その保険もなあ……。二ヵ月しか出んのだよ、ひとつあての入院で」

「そうなんですか」

「また、次の病気にならんと。どっか悪いとこ探さんと。なあ？」

「…………」

「表《おもて》へ行って、車にでも当たってやるかな。いや、ここの階段から落ちてもいいな。そしたら外科へまわって、それからまた内科へもどって。な？」

福来は真剣に考えているようだった。おれはうんざりした。

黙り込んでいると、さいわいなことに、食事をすませた患者たちが喫煙室に集まっ

てきた。

いずれも福来とはちがって、明るくてにぎやかな人たちだった。病人とは思えないほどに明るい。

中でもにぎやかなのは、中年のおばさんの三人組だった。そのうちの一人は足首から先が砕けているそうで、車椅子に座ったきりだったが、このおばさんが一番よくしゃべりよく笑う人だった。話の内容はというと、あけすけな下《しも》ねたばかりである。おれはこの三人組を、「三婆」と呼ぶことに心中で決めた。

しかし三婆が、おれをつかまえて「ぼく」呼ばわりするのには閉口させられた。

「ぼくは、どうして入院してきたの？」

「は。肝臓をちょっと痛めまして」

「あらあら、〝レバ炒《いた》め〟かね。うちの娘もそれで半年くらい入院してたのよ。やっぱりあれ？　B型肝炎？」

「いや、ウイルス性じゃなくて、その、アルコールのほうで」

「アルコール？　嘘おっしゃい。大学生だろ、ぼく」

「え？　いや、とんでもない、三十五ですよ、もう」

おれはすこし傷ついたが、三婆はかまわずにギャアギャア騒ぎたて、あげくにおれに、「とっちゃん坊や」という仇名《あだな》までつけてくれた。

「三十五だったらあたしたちとそうちがわないじゃないの」

「ぼく、このおばさんの言うこと信じちゃだめよ。この人だけはね、ふたまわりは上なんだからね」

「そうよ。もうお孫さんがいるんだから」

「ま、言ってくれるわねえ、あんたたち。あたしゃこう見えても現役のバリバリなんだからね」

「よく言うわよ。干上《ひあ》がって粉《こな》ふいてるくせに」

「粉ふいてるのはあんたでしょうが。土管みたいな体して」

「土管ってなによ」

「あんたなんか、体のサイズ測るとき一ヵ所だけですむから楽でいいわね。お乳もお尻も胴もおんなじサイズなんだから」

「へ。悪かったわね。ビヤ樽よりはましだわさ」

「ね、ぼく。こんな品《ひん》のないおばさんたちの相手しちゃだめよ。あたしだったら、いろいろ変わったこと教えてあげるからね」

「はあ」

「あんたさ、そんなこと言うけど、車椅子にのっててどうやってするのさ」

「そりゃあんた、それなりのやり方ってのがあるのよ」

「なによ、それ。ぼくにまたがってもらうのかい。そりゃたしかに変わってるけどさ。車椅子ごとひっくり返ってもしらないからね」

「そんときは、あんたたちが横から椅子をささえてるのよ」

「やめてよ、そんなばっかばかしい役」

「ね、ぼく、この際だから、いっそ三人まとめて面倒みてくれる?」

「三人まとめて百五十歳よ、あたしたち」

「ぎゃはははははは」

三婆が揃って笑うと、目の前は金歯とのどちんこの品評会になった。おれは退散することにした。出ていくおれの背中を、三婆の笑い声が追っかけてきた。

病室に帰ると、西浦老人がイチジクを食べていた。机の上にはミカンがころがっている。果物が好きなのだろう。

九時になると、消灯を告げるアナウンスが廊下に響き、通路のライトが消された。

老人たちはいっせいに枕元の電気を消し、毛布の中にもぐり込む。綾瀬少年だけは、闇の中で二十分ほどポータブルテレビを見ていたが、巡回の看護婦の足音でスイッチを消し、すぐに寝息を立て始めた。

となりの「排尿量ナンバーワン」の吉田老は、足が痛むのか、

「ううむ、ううむ」

としきりに唸《うな》っていたが、その声はすぐに爆音のごときいびきに変わった。〝痛くて一睡もできない〟はずだったのだが。

そのいびきのものすごさのために、おれはまったく眠れなくなってしまった。この十七年間、毎夜泥酔《でいすい》しては昏倒《こんとう》するようにして眠っていたのだ。シラフで床に着いたことなど数えるほどしかなかったと言っていい。初めての病室で初めての夜。酒抜きでしかも隣りからは雷のようないびきなのだ。頭の芯《しん》まで醒《さ》めきって、眠りの気配はかけらも訪れない。

闇を見つめて悶々としているうちに、じりじり時間がたっていく。

夜中の一時近くなって、やっと眠気の尻《し》っ尾《ぽ》をつかんだような気がした。それを慎重にたぐり寄せていく。ドブネズミのようなその長い尾を引いていくと、その先に短い夢があった。灰色の淋しい街の風景のような、一瞬の夢。

どすん、ごつん、という大きな音が、聞こえた。ついで、

「う〜む」

という唸り声がする。夢ではない。隣りのベッドから何かでっかいものが落ちたのだ。

おれは枕元の電気をつけた。

見ると、吉田老がベッドとベッドの間の床の上に倒れている。寝返りをうった拍子にベッドから落ちたらしい。その際にベッドの金具が当たったのだろう、吉田老の額が三センチほどぱっくり割れており、そこから血がどくどく吹き出していた。老人の渋茶色の顔は見る間に血でまっ赤に染まった。

おれは仰天した。

部屋中の明りがいっせいについた。その光の下で、吉田老が顔中血まみれになってうめいている。床にはすでに小さな血だまりができていた。

綾瀬少年がベッドから飛びおりて走り寄ってきた。

「ベッドにかつぎあげましょうか?」

「いや、動かさないほうがいいかもしれない。看護婦詰所に連絡してくれる?」

「わかりました」

おれは老人の傷の具合を見てみた。たいした傷ではなさそうだ。深さもそうないようでスパッと浅くきれいに切れている。

ほっとすると同時に、さっきから気になっていたものに目がいった。誰かが部屋の中を走りまわっているのだ。

西浦の爺さんだった。

驚きのあまり何をどうしていいかわからなくなって、部屋の中をおろおろと走りまわっているらしかった。

やがて当直の医師と看護婦がやってきた。

手早く止血《しけつ》をする。それから吉田老の体をキャリアに乗せ、運び去った。縫合《ほうごう》しに行くのだろう。

部屋の中の一同、それを見送って胸をなでおろした。福来が頭をふりながら、

「いやあ、びっくりしたなあ。あんな爺さんでも、あんだけ血が出るもんなんだねえ」

ベッドにちょこんと座った西浦老がうなずく。

「ほんまに、えらいこってしたなあ」

「〝えらいこってした〟って、西浦さん。あんた、さっき、部屋の中走りまわってなかったかね」

「へえ。びっくりしたもんですさかいに」

「あんた、補助器なしで走りまわっとったがな。あんたたしか、歩けんのじゃなかったのかね」

西浦老は福来にそう言われて初めて気づいたのか、自分の膝を見おろした。そして、ぽかんとした表情で、

「あら？」

と言った。


〈三〉


おれは三人の人間に、〝三十五歳で死ぬ〟ことを予言されていた。

その一人は医者だ。

二十五歳の冬に、おれは酒焼けで顔の色がまっ黒になった。それは陽焼けの色とは少しちがう、蒼黒い粘土のような、いやな色だった。黒人の中にたまに皮膚の性質なのか、光をまったく反射せずに吸い込んでしまうような、「灰をまぶした」ような黒

さの人間がいる。ああいう感じの、生気の失《う》せた黒さだ。

当時のおれは、新聞社で文字校正のアルバイトをしていた。ある日、二日酔いの青息吐息《といき》で文字校に朱を入れていると、後ろからポンと肩を叩かれた。顔見知りの記者だ。

「よう、ちょっと見ないと思ってたら。いいなあ、君はそうやって」

「なんですか?」

「スキーに行ってたんだろ? 雪焼けして」

おれはその日、帰りの地下鉄の中で、窓ガラスに映る自分の顔と、まわりの人間の顔色とを見比べてみた。たしかに自分の顔色は黒い。それも健康的に黒いのではなくて、「どどめ色」に焼けたような黒さだ。雪焼けとまちがわれるくらいなら、よほどのことなのだろう。

十八歳くらいから、見栄を張って大酒を飲んでいるうちに、内臓がバカになったか耐性《たいせい》ができたのか、ほんとうに強くなってしまっていた。ウィスキーなら一本くらい。それでもまだシャンとしていて、逆に酔いつぶれた友人の介抱をしたりした。

その頃は学生だったから金もなくて、飲めない日も織りまぜてのことである。一週間のうち、ドライに過ごす日も二日や三日はあったのかもしれない。

大学を出たものの、最初に勤めた訪販の会社は一ヵ月で辞《や》めてしまった。以降、定職についたりアルバイトをしたりの繰り返しで二十五歳になった。

なんとか金がはいってくるので毎日飲むようになった。飲み出すと果てしがなかった。外で飲むほどの金はないから、いつもトリスのキングサイズをかたわらに置いて、ストレートであおった。おれのアパートには冷蔵庫がなかった。氷なんてものとは無縁の生活だった。つまみも有ったり無かったりだ。とにかく早く酔っ払ってしまいたかったのだ。

トリスのキングサイズは三日で一本、早ければ二日で一本のペースで空くようになっていた。

あまりよくトリスを買いに行くので、近所の酒屋の主人がウィスキーグラスをおまけに紙袋に入れてくれたことがある。

「これは普通、リザーブにつけるおまけなんだけどね」

おれは、それ以来その酒屋へ二度と行かなかった。〝憐《あわ》れまれた〟と思ったのだ。

その頃のおれには、貧しいがゆえのプライドのようなものがあった。自分は〝特別な人間〟だという意識。世に容れられず、また力の試し方を知らないためによけいに狂おしくつのっていく自分の才能への過信、不安、その両方が胸の奥で黒く渦巻いていた。

おれは自分を憐れんだ酒屋の主人、および、憐れまれた自分、双方を許せなかったのである。

いまであれば何でもないことのいちいちがその頃のおれにはひっかかった。押せば青汁の出そうな、まっ青な青年だったわけだ。

ウィスキーの量はますます増えた。その結果青かった青年の顔はまっ黒になってしまった。

スキー焼けと言われた次の日、病院に行った。採血、触診をして四日後出頭すると、小肥《こぶと》りの医者はカルテを見ながら、

「肝臓、悪いよ」

と言った。肝機能を示す数字、GOT、GPT、γGTPなどが正常値をはるかに越えているという。とりあえず、一ヵ月の禁酒を言い渡された。

このときは初めての医者がかりだったので、さすがに三週間、一滴も飲まなかった。

三週間後に行くと、医者は、数字はもとにもどっている、と言った。

「さすがに年が若いから、回復も早いんだろうね。ただ、これは言っときますがね。

あと十年、この調子で飲み続けたら、もうまちがいない。百パーセント、肝硬変だ。死にますよ、あなた」

その自信に満ちた口調は、いまでも耳に焼きついている。

そしておれは、その後の十年間、同じ調子で飲み続けた。

これが一人目の予言者だ。

もう一人はプロの占い師だった。

この人は街の一角にある「占い村」のような所に店をかまえている人で、その一画の中でもことによく当たる、と言われている占い師だった。八卦見《はっけみ》である。

「この先三、四年は良い運が続く。才能が芽を吹き、努力がむくわれる。ただ、金運はあまりついてこない。女運もよくない。命取りになるくらいの大失恋がある。三十五歳にかなりの凶相が出ている。喉、気管支、胃、肝臓、このあたりの病いに気をつけなさい」

それから十年で、この占いのほとんどは当たった。おれは、働きながら本を一冊書いた。それはおれの敬愛する評者たちからかなりの評価を受けた。ただし、出版社はすぐに倒産して、本自体は五百部ほど売れたにとどまった。

女のことも図星で、おれは天国と地獄の間を行ったり来たりした。

三十五で倒れたのもご覧の通りだ。

これが二人目。

三人目は、おれの昔の友人、天童寺《てんどうじ》だ。天童寺不二雄という。十八、九で知り合って、よくいっしょに無頼《ぶらい》をやった。この男は横紙破りの悪童だったが、同時に天才詩人でもあった。本人は何を書き残すでもなかったが、その立居振舞、ケンカの売り買い、飲んで倒れての寝言まで、在り方自体が詩作品のようにそげた美しさを孕《はら》んでいた。これを一言で説明するのはむずかしい。天童寺は、彼の生そのものが、いっさいの感傷やレトリックを剝落《はくらく》させた、硬質の「詩」であるような男なのだった。おれはいまでも天童寺のあの深い声とやせた胸のあばらを思い出す。

天童寺は二十代の終わりに、神戸の町のかたすみで、酔って車にはねられて即死した。

そいつが若い頃、おれに言ったのだ。

金がはいって、久しぶりに二人で場末のバーにくり出したときだった。

またたく間にウィスキーを一本空けたおれを見て、

「おまえは三十五までだな。三十五まで」

何度も天童寺はそう言って笑った。そのくせ、自分の寿命については何ひとつ言わなかった。

さすがに、三人の人間から同じことを言われると、気にはなる。

かと言って、そういう暗示におれ自身が操《あやつ》られていてこうなった、という気はまったくしない。

気がつくとおれは死にかけていて、よくよく考えると、まさしくこれが三十五歳だったのだ。

このときの感じというのは、悲しみでも怒りでも当惑でもない。強《し》いて言うなら、初めて手品を見たときの子供の驚愕《きょうがく》、これにいちばん近いだろう。

何のどういう働きで、推理法で、統計学で、あるいは直感、霊感で、これらの三人は一様に「三十五」という数字をはじき出してきたのだろう。

そうしてまた、どうして根っからの天邪鬼《あまのじゃく》のおれが、そうした予言に柔順に呼応するように、こうして倒れているのだろう。

いずれにしても、そうした変異が起こっているのは、おれの肉体の舞台の上なのだ。おれはいまや唾を呑んで見守っている一人の観客だった。悲しみも怒りもそこにはない。驚き呆《あき》れ、そしてついには大団円を見て、手を叩いて笑うのかもしれない。

〈四〉

「三十五歳死亡説」のご託宣《たくせん》をたまわってから、おれは自分なりには「アル中」に対してのアンテナを張ってきた。

我が身と照らし合わせるために、さまざまな資料を読んだ。おそらくは、アル中になっていく段階で、おれほどアル中の実態をつかんでいた人間というのは、あまりいないのではないだろうか。

そして結局のところ、そうした医学的知識や、精神病理学的知識は、おれにとっては何の役にも立たなかったことになる。

おれがアル中の資料をむさぼるように読んだのは結局のところ、「まだ飲める」ことを確認するためだった。

肝硬変が悪化して静脈瘤《じょうみゃくりゅう》や胃かいようが破れ、大量吐血しつつもまだ飲んでいるような人間を、本の中に探し求める。

資料の中には、禁断症状の激しい幻覚に苛《さいな》まれ、包丁を持って家族を追いかけまわすアル中や、体中を虫が這っているというので俗にいう「虫取り動作」を繰り返す、独房の中のアル中がいた。

これらの人々を眺める安心感と、こういう「ひとでなしのアル中」どもが、河ひとつ隔てた向こう側にいて、おれはまだこっち側にいるその楽観とを得るために、おれは次から次へとアルコール中毒に関する資料を集めた。ついには「アル中の本」を肴《さかな》にしてウィスキーをあおる、というのがおれの日課にさえなった。

どうしようもなくなったのは、今年の夏だった。おれはこの夏を忘れないだろう。地獄の釜《かま》で煮られているような夏だった。

易者の占いが当たったのか、三十代前半からのおれはけっこういい調子だった。

二十代の終わりに出した本は、五百部どまりの売れ行きだったが、倒産した版元に残った五百部を、おれは未払いの印税のかわりにもらって帰った。

会う人ごとに、名刺がわりにこの本を渡していると、律義《りちぎ》に読んでくれた編集者から、ぽつりぽつりと単発の仕事がくるようになった。たいていは四百字詰めにして五十枚くらいの、ルポルタージュの仕事である。

おれは三十近くまで、文字校正や、地図会社の調査資料などの肩のこるアルバイトで食いつないでいたから、こういう仕事は願ったりかなったりだった。少くとも自分の文章、自分のフレイバーのある文字を金にかえることができるのだ。人の書いた記事の誤植を訂正することや、白地の測量地図に家名店名を書き込んでいくのとは手応《てごた》えがちがう。

おれは口の片一方では、

「くだらない売文稼業で」

と苦笑いしてみせながら、もう半分の口元では本気の笑みを浮かべていた。

三十まで転がって暮らしてきたおれには、守るもの、失って困るものは何もなかった。守りたいのは形のない、他人に言ってもわからないものばかりなのだ。

おれはとにかく、ヤバそうなところ、腐臭のするところがあると、そこへ向かって突っ込んだ。暴力団の事務所や総会屋や右翼の集会へもスライディングした。

あまりに無鉄砲なので、かえって一流出版社のサラリーマンである編集子が〝待った〟をかけてくるようになった。

逆に、突っ込んでいく相手のほうと気心が通じてしまうようなこともあった。

「来週火曜にな、新大阪のマンションで、おれは○○のタマとるさかいな、あんた張っといたら、ええネタが取れるで」

暴力団の鉄砲玉からそんな電話をもらった。当日は向かいのビルの屋上で望遠を持って張っていたのだが、ついに何事も起こらなかった。事情が変わったのだろう。最初のうちはそれこそ「目方で」原稿を売っているような按配《あんばい》だったが、稿料が上がってくるのに比例して、一ヵ月に受けられる量の限界を、はるかに越えた発注がくるようになった。

そうなると、こんどはせっかくきた仕事を断わらねばならない。これはおれにとっては大いなる苦痛だった。

もともとは人の仕事の残り滓《かす》でもいいから、と嗅ぎまわり、酒を飲ませてくれるというのでタダで受けた仕事もたくさんあったのだ。

入稿が終わってから、相手が卑屈な顔つきで、〝実は稿料というものはなくて、図書券でお払いしたい〟ということもあった。「オコメ券」「肉一キロ」「ビール券」「商品券」、なんでもかんでも嬉々《きき》として受け取った。

そういうところから這ってあがった人間に、「仕事を断わる」ということは難しい曲芸だった。

一念発起して、今年の春頃に「小島容事務所」なるものをつくった。マネージャー兼事務員にはさやかを雇《やと》った。この子は、死んだ天童寺の妹だ。今年、二十三か四くらいにはなるだろう。昔、おれが天童寺とほっつき歩いていた頃には、まだたしか小学校にあがりたての、涼しい目をした少女だった。天童寺は、おれに妹のことなど何も言い残さなかったが、おれにはなんだかこうすることが「筋」のようにも思えたのだ。兄弟の遺児を慮《おもんぱか》る叔父さん、といった役柄かもしれない。ところが、これはかっこうをつけたわりにはずいぶん情《なさけ》ない叔父さんだった。事務所を始めたとたんに、「連続飲酒」が始まって入院してしまったのだ。

「連続飲酒」とは、普通の酒飲みが、ある日をさかいに線が切れたように朝昼晩、一週間二週間と飲み続ける現象をいう。もちろん、こんな状態では職場になどいけない。仮病《けびよう》を使って休むことになるが、二週間も連日連夜飲み続ければ、どんな頑丈な人間でももう保たない。肝障害を起こし、病院にかつぎこまれることになる。

これが、はっきりと他人の眼に映る、アル中の第一次顕現《けんげん》事件だ。

ここで特筆して区別しておかねばならないのは、「渇酒症」だ。

この場合、ある時期をさかいに、急に大量の酒を連続飲酒し始める。それこそ浴びるように飲み続ける。そうして、病院にかつぎ込まれ、集中治療を受けて退院する。するともうケロリとして、酒に見向きもしない。元来、酒が好きだというわけではないらしい。何ヵ月でも、ことによると一年くらいは平気で一滴もアルコールを口にしない。

ところが、ある時期がくると、またダムが決壊《けっかい》したかのごとく、底なしにアルコールを飲み始める。倒れて入院、退院ということになる。これが「渇酒症」で、アル中の中でもこのタイプは比較的少い。

一般的なアル中は、それぞれに日常生活の中に不吉な予兆を示している。現役のアル中であるおれに言わせれば、アル中になる、ならないには次の大前提がある。

つまり、アルコールが「必要か」「不必要か」ということだ。よく、「酒の好きな人がアル中になる」といった見方をする人がいるが、これは当を得ていない。アル中の問題は、基本的には「好き嫌い」の問題ではない。

酒の味を食事とともに楽しみ、精神のほどよいほぐれ具合いを良しとする人にアル中は少い。そういう人たちは酒を「好き」ではあるけれど、アル中にはめったにならない。

アル中になるのは、酒を「道具」として考える人間だ。おれもまさにそうだった。この世からどこか別の所へ運ばれていくためのツール、薬理としてのアルコールを選んだ人間がアル中になる。

肉体と精神の鎮痛、麻痺、酩酊《めいてい》を渇望する者、そしてそれらの帰結として「死後の不感無覚」を夢見る者、彼等がアル中になる。これはすべてのアディクト（中毒、依存症）に共通して言えることだ。

たとえば「ナイトキャップ」的な飲み方は、量の多少にかかわらず、行動原因そのものがすでにアル中的要素に支えられている。アルコールが眠るための「薬」として初手《しょて》から登場するからだ。薬に対して人間の体はどんどん耐性を増していくから、量は増えていく。そのうちに、飲まないと眠れないようになる。この時点で、「手段」は「目的」にすりかわっている。

夜中に亭主が起き出して、台所で冷や酒をやっているのを見たら、妻は一応の用心をしておくべきだろう。

次の赤信号は「ウィークエンド・ドリンカー」になっているかどうかだ。

平日はもちろん夜になったら飲む。

そして休みの日は陽のあるうちから飲み始める、あるいは朝から一日中飲んでいる。休みが明けた月曜日には、ひどい二日酔いの状態で這うように出社する。これがウィークエンド・ドリンカーの症状だ。彼等は一様に週末を待ち焦がれ、月曜日を憎んでいる。

この憎むべき月曜日の朝に、ひどい二日酔いを鎮めるために迎え酒を一杯ひっかけて出ていくようになれば、連続飲酒までもう一歩だ。

おれの場合も、かなり忠実にこの図式を踏んでいる。

校正のアルバイトや地図作りのバイトをしている間は少くとも日中はドライに過ごせた。ことに地図の書き込みは、指定された区画を蟻《あり》のように這い歩く仕事なので、飲んでいては体が保たない。

文字校の仕事にしても、二日酔いの午前中はミスが多かった。注意力のいる、根《こん》の詰まる仕事だ。そしてこういう単調な仕事は、続けているうちにけっこうハイになってくる。一定のリズムに乗っているうちにエンドルフィンだのエンケファリンだのの麻薬物質が脳内に分泌《ぶんぴつ》され出すのだろう。外見は退屈そうに見えても、単調な作業というのは案外「効く」ものなのだ。

退屈がないところにアルコールがはいり込むすき間はない。アルコールは空白の時間を嗅ぎ当てると迷わずそこにすべり込んでくる。あるいは創造的な仕事にもはいり込みやすい。創造的な仕事では、時間の流れの中に「序破急」、あるいは「起承転結」といった、質の違い、密度の違いがある。イマジネイションの到来を七転八倒しながら待ち焦がれているとき、アルコールは、援助を申し出る才能あふれる友人のようなふりをして近づいてくる。事実、適度のアルコールを摂取《せっしゅ》して柔らかくなった脳が、論理の枠《わく》を踏みはずした奇想を生むことはよくある。

　アイデアのひらめきの後には、それを形にする、つまり書き上げるための密度の濃い時間が流れる。その時間が終わったときのしこった神経は、また激しくアルコールを求めるのだ。

　単調なアルバイトで食いつないでいた三十歳前後まで、おれは量的な問題は別にして、ごく普通の酒徒として過ごすことができた。朝起きて出社し、日中はドライに過ごす。飲み始めるのは夕方から。生態としては「普通」だったわけだ。

　この「普通さ」を守る一種の砦《とりで》のようなものになっていたのは「タイムカード」の存在だ。

　新聞社でも地図会社でも、正社員同様、アルバイターにもタイムカードが用意されていた。九時にこいつを押して、五時にまた押す。一分でも遅れると、押される時刻数字の色が赤になる。この赤が三回つくと欠勤一日の扱いになる。

　当時のおれは、このシステムを不合理に感じて、ずいぶん腹を立てた。九時〇一分が三回で全体扱いになるなら、いっそのこと休んじまえと、映画を見にいったりもした。が、アルバイトの場合、日給制だからそのぶん確実に収入が減る。ぎりぎりの生活をしていたから、三日分の収入が減ると、アルコールをあきらめるか、煙草をやめるか、昼メシを食わずにおくか、この三者択一という由々しき事態におちいってしまうのだった。

だから基本的にはおれは二日酔いの頭を押さえつつも、毎日這うようにして出社し、タイムカードを押していたことになる。

いわばタイムカードは、憎まれ恐れられつつも、結果的にはおれの崩壊に歯止めをかけてくれる物神《フエティッシュ》であったのだ。

ただ、この時期にもすでに前兆は十分すぎるほどにあった。かろうじて社会的体裁《ていさい》をつくろっている外見の中で、おれの内部はドロドロの発酵状態になっていたろう。タイムカードの呪力のおかげで、薄皮一枚がおれに社会的存在の形を与えていたようなものだ。

五時過ぎに仕事を終えてからのおれの飲み方はすさまじかった。こった指先と脳をほぐすために、とにかくまず飲む。練習がすんだ後に水道の蛇口を奪い合う、スポーツ部の学生のように、おれは酒屋の立ち呑みなり、安バーなりに駆け込むのだ。渇きは、飲んでも飲んでもいやされることはなかった。まるで塩水でも飲んでいるように、飲めば飲むほどアルコールに対する渇きが増すのだった。おれの内臓は頑丈で、いくら飲んでも吐き戻したり昏倒したりという失態はなかった。ストッパーになるような臓器の弱さがなかったのだ。これはことアルコール依存症に話を限ると、ひとつの「欠点」である。胃に穴のひとつもあけば、少くとも半年や一年は禁酒の空白期を持てただろう。

内臓は頑丈でも、おれの心には穴がいくつもあいていた。夜ごと飲みくだすウィスキーは、心にあいたその穴からことごとく漏れてこぼれ落ちてしまうのだった。

おれはその頃、八時間働いて九時間飲む、という生活を続けていた。眠っている間と働いている間、昼メシを食っている間と風呂、糞、朝の電車。それ以外の時間は、すべてグラスの底をながめることに費《つい》やしていたのだ。

たいていは独りで飲んだ。同僚の仕事の愚痴を聞くのはまるで「仕事をしている」みたいで嫌だった。カラオケも女のいるバーもキャバレーも、反吐《へど》が出るほど嫌いだった。

たいていは場末のトリスバーか、自分の部屋で黙々と飲んだ。なじみの店は一軒も作らず、ボトルをキープするようなこともなかった。バーテンが話しかけてくるような店には一度行くと二度と行かなかった。話しかけられると答えねばならない。答えるということは、自分の人格を見せることだ。装《よそお》って作った人格を見せるのは面倒臭いことだし、装っていない裸体をさらすことはそれ以上にいやなことだ。

おれは頑《かたく》なで意固地で自意識過剰の、意地悪爺さんのような酒飲みだった。独りで放っておかれることを望んだが、そうされればされたで世界に対して悪態をつくのだった。

天童寺が死んでからは、人と心を許して飲むということはなくなった。

ただ、新聞社というところにはけっこうアル中が多い。日中から飲んで記事を書いている記者もいたりする。そういう相手に対しては、少くとも敵意を持つことはなかった。偶然バーで出会ったりすると、席を移して話をかわすこともあった。

井口という社会部の記者がいた。五十年配のインテリだったが、酒の失敗が続いて出世コースからは完全に離れた人間だった。

ある日、原稿の受け渡しに行くと、井口が新聞記事に何やら朱筆を走らせている。井口はおれの顔を見ると、ニタッと笑って、

「小島くん、君もやってみんかね、これ。おもしろいぞ」

と言って、その紙面をコピーして渡してくれた。

「何ですか、これは」

「アル中の自己チェックテストだ」

「へえ」

●久里浜式アルコール依存症スクリーニング・テスト（KAST）

最近六ヵ月の間に次のようなことがありましたか。

一、酒が原因で、大切な人（家族や友人）との人間関係にひびがはいったことがある。

ある。(3.7)
ない。(−1.1)

二、せめて今日だけは酒を飲むまいと思っていても、つい飲んでしまうことが多い。

あてはまる。(3.2)
あてはまらない。(−1.1)

三、周囲の人（家族、友人、上役など）から大酒飲みと非難されたことがある。

ある。(2.3)
ない。(−0.8)

四、適量でやめようと思っても、つい酔いつぶれるまで飲んでしまう。

あてはまる。(2.2)
あてはまらない。(−0.7)

五、酒を飲んだ翌朝に、前夜のことをところどころ思い出せないことがしばしばある。

あてはまる。(2.1)
あてはまらない。(−0.7)

六、休日には、ほとんどいつも朝から酒を飲む。

あてはまる。(1.7)
あてはまらない。(−0.4)

七、二日酔いで仕事を休んだり、大事な約束を守らなかったりしたことがときどきある。
　あてはまる。(1.5)
　あてはまらない。(−0.5)

八、糖尿病、肝臓病、または心臓病と診断されたり、その治療を受けたことがある。
　ある。(1.2)
　ない。(−0.2)

九、酒がきれたときに、汗が出たり、手がふるえたり、いらいらや不眠など苦しいことがある。
　ある。(0.8)
　ない。(−0.2)

十、商売や仕事上の必要で飲む。
　よくある。(0.7)
　ときどきある。(0)
　めったにない・ない。(−0.2)

十一、酒を飲まないと寝つけないことが多い。
　あてはまる。(0.7)
　あてはまらない。(−0.1)

十二、ほとんど毎日三合以上の晩酌(ウイスキーなら¼本以上、ビールなら三本以上)をしている。
　あてはまる。(0.6)
　あてはまらない。(−0.1)

十三、酒の上での失敗で警察のやっかいになったことがある。
　ある。(0.5)
　ない。(0)

十四、酔うといつも怒りっぽくなる。
　あてはまる。(0.1)
　あてはまらない。(0)

おれは井口のデスクの横に空き椅子を引き寄せて、そのチェック表をながめた。

「ずいぶん項目があるんですね」

「私もいま始めたとこなんだ。やってみるかね？」

「やってみます」

仕事柄、耳にはさんだ赤鉛筆を取って、おれは表に書き込みを始めた。これは「久里浜式アルコール依存症スクリーニング・テスト（KAST）」と呼ばれるものらしい。

判定方法
総合点…判定（グループ名）
2点以上…きわめて問題多い（重篤問題飲酒群）
2～0点…問題あり（問題飲酒群）
0～−5点…まあまあ正常（問題飲酒予備群）
−5点以下…まったく正常（正常飲酒群）
おれは、やっているうちにマゾヒスティックな快感が湧いてきて、けっこう夢中になって書き込んだ。答えがあいまいで、判断に苦しむ設問もあったが、その時点でのおれの回答は次のようになった。

一、ある　3.7
二、あてはまる　3.2
三、ある　2.3
四、あてはまる　2.2
五、あてはまらない　−0.7
六、あてはまらない　−0.4
七、あてはまらない　−0.5
八、ある　1.2
九、ない　−0.2
十、ない　−0.2
十一、あてはまる　0.7
十二、あてはまる　0.6
十三、ある　0.5
十四、あてはまる　0.1

計12.5

「うーむ」

おれは苦笑いした。二点以上が「きわめて問題多い」というテストで「十二・五」点もとってしまったのだ。

井口氏は横でパチパチそろばんをはじいて計算していた。答えが出たようだ。

「うーん」

「どうでした」

「小島くん、ずるいじゃないか。人に尋ねるのなら自分のから先に言いたまえ」

「井口さん。おれ、実はね……、十二・五点もあったんですよ」

「ほう。立派なもんだな」

「井口さんは」

「私は十四点だ」

「十四点?」

「ま、〝年の功〟ってやつだな。はっはははは」

おれも井口氏につられて、笑った。

「小島くん、こりゃでかした数字だ。ひとつ、高得点を祝って、いっぱい飲みにいくかね」

「行きましょう」

　この日ばかりは、珍らしいことにおれは井口氏と最後までつるんで痛飲した。何かしら晴れ晴れとした気分だったのだ。

　この三十前後の時期、数字が示すように、すでにおれは「重篤」のアル中患者だったのである。せめてもの救いは、連続飲酒がまだなかったことと、禁断症状や幻覚がないことくらいだった。

　井口氏とその夜は「アル中」を肴にしてウィスキーを飲んだのだが、さすがに社会部の記者だけあって、井口氏はアルコール問題については詳しく、具体的な数字がぽんぽんとび出した。

「〝アル中〟というと、我々は〝手がふるえる〟とか〝ピンクの象が見える〟なんてことを冗談まじりに言うだろう。我々が持ってるアル中のイメージってのは、その程度でしかない」

「そうですね。アル中の職人で、手がぶるぶるふるえてる爺さんが、酒を一口飲むとピタッとふるえが止まって、国宝級の名人芸を見せるとかね」

「そうそう。そういうのが典型的なアル中のイメージだな。そういうイメージを抱いてるから、誰もが自分はアル中ではないと思っている。酒の好きな奴がよく冗談で、〝いや、私はもうアル中ですから〟なんてことを言うだろう。本人は自分がアル中ではないと信じてるからそういう冗談も言えるんだ。ところが、冗談じゃないわけだな、これが」

「ほんとにアル中になってるわけですか」

「〝アル中〟という言葉のイメージで考えるからいかんわけで、〝アルコール依存症〟と言うべきだろうね。さっきのチェックリストでもよくわかるが、〝私はアル中で〟と冗談めかして言ってる人間の中には、十点以上なんて数字の人間はゴロゴロいるはずなんだよ」

「サラリーマンの中にもけっこういそうですよね」

「接待の多い営業マンなんかには特に多いだろうし、ストレスのたまりやすい職域の人間にも多いだろうね。それが片一方に、手がふるえて幻覚が見えてっていう〝アル中〟のイメージを持ってるもんだから、自分がすでに依存症になってることになかなか気がつかないんだ。せいぜい、大きな会社で定期検診のあるところで、肝機能の赤信号が出てハッとするくらいだろう」

「肝機能で依存症の定義づけみたいなものができるんですか」

「依存症の指標みたいな数字が、あることはある。GOTで五〇以下、γGTPで一〇〇以下なら一応安全域だ。〃依存症初期を疑える数字〃ってのはGOTで六〇から一二〇、γGTPで一〇〇から二〇〇だ。これはもうほぼ依存症だっていうのはGOTで一二〇以上、γGTPで二〇〇以上ってとこだろう」

「依存症初期くらいの数字の人間は、サラリーマンでもゴロゴロいるでしょうね」

「小島くん、いま日本中でアルコール依存症の人間が何人いるって言われてるか知ってるかね」

「さあ、知りませんけど」

「二二〇万人だよ、二二〇万人」

「二二〇万人？　人口比でいくとどうなるんですかね」

「だいたい六〇人に一人ってとこになるかな。ただしだよ、アルコール依存症のうちの九〇〜九三パーセントは男だ。最近、キッチンドリンカーで、女のアル中が増えてきているが、まだほとんどのアル中は男が占めている」

「ということはどうなるんですか」

「ほんとにおおざっぱな話だがね。六〇人に一人がアル中だとして、その六〇人のうちの半分は女だ。つまり男だけを見ると三〇人に一人。しかもこの三〇人のうちには赤ちゃんも子供もはいっている。成人男子でも、一滴も飲まないって人もいるだろう。そうすると、酒をたしなむ人間の中で、依存症になっている人間の比率ってのは六〇人に一人どころじゃないはずだ。おそらく一〇人から二〇人に一人ってことになるんじゃないかね」

「おれたちはそのうちの二人ってわけですか」

「これからは、もっともっと増えていくだろうね」

その話を聞いたときのおれは、特に何とも思わなかった。正直に言うと、底意地の悪い喜び、自分も含めてのカタストロフィ願望のようなものを覚えていたと言える。地獄への道中は、にぎやかなほうがいい、くらいに思っていたのだろう。

おれが依存症の資料を集め始めたのは、この頃からである。前にも言ったように、アル中の文献を「肴」にしながらウィスキーを飲むという、自虐的な心境を楽しんでいたのだった。

その一方で、おれの中では少しずつダムの水がちろちろと漏れ始めていた。ルポの仕事が増えてくるにしたがってその穴は大きくなっていった。

アルバイトをやめて、売文稼業に完全に切り替えてからは、ダムの全壊は時間の問題だったようだ。

まず第一に「タイムカード」という守護神がおれの生活から消えてしまった。

出版社の編集者との打ち合わせは、昼間か夕方である。夕方は一杯飲みながら、ということが多い。

受けた仕事の取材は、日中のこともあれば深夜に及ぶこともある。原稿は日中書くこともあれば、真夜中から朝まで書くこともある。

九時に出社して夕方から飲み始める、というそれまでのリズムはまったく姿を消してしまった。

徹夜が明ければ、明け方から飲むことになるし、昼の二時にナイトキャップをやる、ということもある。変則的な生活リズムの中で、「陽の高いうちは飲めない」というタブー意識のようなものはなくなってしまった。

おれは、自分の机のひき出しの中にバーボンを一本、ごろりと転がしておくようになった。アイデアの湧かないときには、それをラッパ飲みする。原稿を書いている最中でも、疲れてきたときには一口二口飲む。

それでも、まだ決定的な事態には至らなかった。というのは、仕事の打ち合わせに人と会い、インタビューや取材もし、自分で電話を取ってスケジュール調整をし、という、けっこう社会的で煩雑《はんざつ》な作業があったからである。酔っ払っていてはそれらをこなすことはできなかった。

ところが、自分の事務所を作って、さやかが事務や電話交渉をしてくれるようになると、おれの仕事は書くことだけになった。

ちょうどその頃は仕事の転換期で、突撃ドキュメントのようなものが減って、雑誌のコラムやエッセイなどが増え始めた。ファックスを入れて原稿を送り、電話も自分で取らないようになると、おれは人に会う必要がなくなってきた。もともと人嫌いでへんくつな性格だったから、仙人のように人離れするようになった。自分の事務所にはさすがに一日一回は行った。帰る前のさやかと連絡打ち合わせをして、あとは深更まで独りで事務所にいる。おれの日常の中に、少しずつアルコールが沁み込み始めた。原稿を書いている間に飲む量もじわじわと増え出した。

たまの打ち合わせで人に会うときにも、ウィスキーをひっかけてから出かけないと、人に会う元気が出てこないような気がした。

おれは酒臭い息をかくすために「マスク」をかけて外出するようになった。万年風邪で通して、マスクをはずせなくなった。酒気を察知した相手には、

「二日酔いで」

とか、

「昼の打ち合わせでビールを飲まされて」

といった言い訳をした。

そのうちに、決定的なきっかけがやってきた。ある出版社から書きおろしの単行本の依頼があった。それはおれの得意な分野であるルポやドキュメントではなくて、ミステリーの小説だった。犯罪もののルポをそれまでにいくつか書いていたので、編集者はフィクションも書けると踏んだのだろう。

おれにもそれは簡単なことのように思えた。

アルコールが気を大きくして、万能感をおれに与えていたのだろう。

おれは喜んで執筆を引き受け、二ヵ月後に四百枚の原稿を渡す契約をした。

地獄はそれから始まった。

おれは、瀬戸内海の小島のホスピタルを舞台にしたサイコ小説を企画し、資料を集め始めた。

資料をあさっている間は気楽なものだった。

文士気分で、毎日ウィスキーをあおりながら、資料を読み、ファイルに分類した。

一ヵ月がそうして過ぎ去った。

「書けない」ことに気づいたのはそれからである。冒頭の部分を書き始めて数日にしておれは愕然《がくぜん》とした。自分には犯罪もののノンフィクションを書く能力はあっても、ミステリーを書く才能というのがかけらもないのだった。ストーリーの構成ができない。トリックが思いつけない。人物描写ができない。伏線《ふくせん》を張ることができない。根気よく風景描写やできごとの推移をたどることができない。

つまり、おれにはミステリー小説は書けない、のだった。

出版社からは毎日電話がかかってくる。原稿は一枚も書けていない。すでに各書店へ予告が出まわっている。逃げることもできない。

おれは毎朝、目が醒めるのが苦痛だった。

どんよりとした精神に活を入れるために、ベッドの中で枕元のウィスキーをラッパ飲みした。

日中は天啓《てんけい》のくだるのを待って、すがるようにウィスキーを飲み続けた。夜は夜で、何とか自分を忘れ、泥のように眠るために飲んだ。

やがて一日に二本近いボトルが空くようになった。

一週間目くらいになって、例のコーラ色の小便が出た。最初は血が混じっているのだと思ったが、血のような色ではなくて、まさにコーラか濃い紅茶に似た色だった。

化学薬品を思わせる、きついいやな臭いがした。

これは、以前にも二回ほど出たことがある。

異常に暴飲が続いて疲れたような日から、一日後か二日後にこういう尿が出た。

いつもは少し静養するとおさまったのだが、今度はなかなか元の色に戻らなかった。

おまけに、水のような下痢が続いた。

あまりにひんぱんに下痢が続くので、その周囲がすりむけて拭くこともできないような状態になった。なにかの拍子に、失禁してしまうこともあった。力を入れて急に立とうとしたときなどに、意志にかかわらず、少量だが粗相をしてしまうのだ。

かと思うと、一転してしぶとい便秘になることもあった。

便秘が続いたある朝、おれは苦労して用を足した後、まっ白な便が水に浮いているのを見てギョッとした。

バリウムを飲んだ後に出るような、何の色もない白色便が、まるで比重などないかのように、水の表面に浮いているのだ。これは、胆汁《たんじゅう》がまったく出ていないことを意味しているのだろう。

医学書を見ると、便のこれらの状態は、すべて「肝硬変」の症状にぴったりだった。

それでも俺は飲み続けた。

その頃にはもう、固形物を胃が受けつけなくなっていた。やわらかいうどんのようなものを食べても、半分も食べないうちに吐き気がして、事実、吐いた。

牛乳はしばらくは飲めたが、それもそのうちに吐くようになった。

もはや、喉を通るもので、カロリーのあるものといえばアルコールだけだった。それもたくさん飲むと吐いてしまうので、おそるおそる一口ずつ流し込まなければならなかった。

ウィスキーを流し込むと、少しの間は動く元気が出た。

二週間目に、事務所にタクシーでたどり着いたとき、おれはもう階段を登る体力がないことに気がついた。

四つん這いになって、なんとか事務所までたどりつくと、おれはそのまま床に倒れ込んだ。

幸いなことにその日は休日で、さやかはいなかった。

倒れているところを彼女に見られたくはなかった。

おれは、自分の机まで這っていくと、ひき出しの中のウィスキーを取り出そうとした。ボトルはなくなっていた。さやかが心配して、部屋中の酒を全部捨てていたのだ。

ひき出しの中にヒゲをそるときに使っていた小さな鏡があった。おれはその鏡を出して、自分の顔をながめてみた。

頬がげっそりとこけて、まぶたが三重になっていた。土気色《つちけいろ》の肌は粉をふいたようになっている。

骸骨じみた顔の中で、目だけが異様にギョロリとむかれていた。

そして、その目の白目の部分は、まっ黄色だ。

鏡をのぞきこんでいると、吐き気がしてきた。

おれは、ゴミ箱を引き寄せて、その中に吐こうとしたが、出るものは何もなかった。酸っぱい胃酸がほんの少し、糸を引いただけだった。

俺はそのまま失神するように眠り込んだ。

〈五〉

吉田老がかつがれていってから、病室内には静けさが戻った。

綾瀬少年はまた静かな寝息をたてはじめ、西浦老も福来も、しばらくはぶつぶつ言ったり、咳払いをしたりしていたが、やがて眠りについたようだった。

おれは眠れなかった。

目をつむると、吉田老の血まみれの顔が突然目の前に浮かび上がったりした。

起き上がると、煙草とライターを持って、喫煙室へ向かった。

しんとした暗い廊下に、おれのスリッパの足音が響いた。

喫煙室のベンチに腰をおろして、ロングピースを一本抜き取る。ライターで火をつけようとして、おれは驚いた。ライターの火がぶるぶるふるえているのだ。口元の煙草に火をつけようとしてもままならないほどに、左手のライターがふるえている。

右手で左腕の肘《ひじ》を押さえつけた。ふるえはよけいにちぐはぐにブレだした。押さえている右手もまたふるえていたのだ。

どうにかこうにか火をつけると、おれはそのふるえる手で煙草を持ち、闇の中で揺れるオレンジ色の小さな燃え口を見つめた。

「きやがったな」

という思いと、

「なんだ、こんなものか」

という苦笑いが重なった。

退薬症状、つまり、禁断症状が出始めたのだ。手のふるえは「振戦《しんせん》」症状だ。

さっきからずいぶん不安な感じに襲われて、入院前の地獄のような状態を追体験したりしていたのだが、これも禁断症状のひとつなのだろう。

冷や汗のようなものもしきりに出る。額と背中、わき腹のあたりがぬるぬるして不快だ。

おれは、煙草をもみ消すと、看護婦詰所へ行った。

八畳ほどの明るい部屋に、二人の看護婦と赤河医師がいた。赤河は大きな背を丸めて、カップヌードルをすすっている。おれは何となく、心の中で舌打ちをした。どうもこの医者は苦手だ。

詰所の入り口から、半分身体を出して言った。

「あの、すみません」

「はい。あ、小島さん？　どうしました？」

看護婦が立ち上がって二、三歩こちらへ寄る。赤河が麵《めん》を数本口元からたらしたまま、動きを止め、おれを見ている。

「どうも、手がふるえたり、汗が出たりして寝つけないんです。ジアゼパムを注射してもらえませんか」

「はい？　ジア……なんですか？」

「ジアゼパムを……」

視界の向こうで、赤河が立ち上がった。

「セルシンのことだ」

「あ。セルシンですか」

「三〇ミリグラム、筋注《きんちゅう》する。用意してくれ」

「はい、わかりました」

看護婦があわてて薬剤室へ小走りに去る。赤河はおれをしばらく見たあと、あごをしゃくって、椅子をさし示した。

「すわれよ」

「はい」

おれは、素直に椅子に腰かけた。

「小島さんだったな」

「はい」

「手を見せてみろ」

おれは両手を差し出して、ふるえている様子を赤河に見せた。

「振戦が出てるな」

「はい」

赤河は、おれの右手をとって脈を計った。

「だいぶ、脈が早くなってる。息切れはないか」

「はい。でも、冷や汗が出ます」

「ふむ。全然眠れんか。なんならジアゼパム以外に、ニトラゼパムも出そうか」

「睡眠導入剤ですか。さしつかえなければお願いします」

「ふむ」

赤河は残ったもう一人の看護婦に、処方を書きつけた用紙を渡した。

「一〇ミリグラム、経口で与える」

「わかりました」

看護婦が薬を取りに行き、詰所は赤河とおれの二人だけになった。赤河は煙草に火をつけ、天井に向かってぷうっと煙を吐いてからおれを見た。

「なんなんだ、あんたは」

「え。なにがですか?」

「アルコールで入院するのは何回目だ」

「初めてです」

「じゃ、ラリ中のクスリおたくか」

「何ですか、それは」

「薬剤師の学校かなんかへ行ったことがあるのか」

「いえ」

「じゃ、抗不安剤のジアゼパムや、ニトラゼパムが睡眠導入剤だってことを、どうして知ってるんだ」

「それは、つまり、勉強したからですよ。自分の病気について」

「ほう」

「アル中になりかけの頃から、いろんな本を読んだんですよ」

「それだけアル中について知識をあさっておいて、アル中になったたってのか」

冷や汗が額から鼻先をつたって、膝の上のにぎりこぶしの上に続けざまに落ちた。赤河はその様子を、おもしろそうにながめていた。

看護婦がもどってきた。

「さて、ご所望のジアゼパムだ。あんたなら知ってるかもしれんな。クスリ好きのラリ中がメシがわりに射ったり食ったりしてる鎮静剤だ。死んだプレスリーの体から、馬でも倒れるくらいの量が出てきたのが、このジアゼパムとコデインだ。アメリカのラリ中は、この錠剤をいろいろ混ぜて、茶漬けみたいにアルコールで流し込むんだ。みんなそうやって死んでったんだ。知ってるだろ?」

「知ってます」

「ブライアン・ジョーンズも、ジミ・ヘンドリックスも、ジム・モリスンも、ジャニスもマーク・ボランも。人間の体をしてる奴は、みんなみんな、アルコールとドラッグで死んでったんだ。そうだろ?」

「そうです」

「しぶとかったのは、キース・リチャーズとウィリアム・バロウズとギンズバーグだけだ。そうだろ？」

「そうです」

「そうやって死ぬとこまでまねしたいんだろ。え？　ほら、これがジアゼパムだ」

赤河はおれの腕にぷすっと注射器を突き立てて、ジアゼパムを注射した。

「さ、これがニトラゼパムの錠剤だ。飲めよ、ほら。水で飲めないなら、ビール出してやろうか？」

おれは、出されたクスリを、看護婦の差し出してくれた水で飲み込んだ。

「じゃあな、勉強家のアル中さんよ。よく眠るんだな」

おれは感情をひとたらしもこぼすまいと、ゆっくり立ち上がり、礼をした。

「ありがとうございました」

「それでもまだ手がふるえるようだったら、マンドリンを貸してやるよ」

「マンドリン？」

「ああ。アル中にはマンドリンが一番なんだ。手がふるえて、いいトレモロが弾けるからな」

おれは、歯を喰いしばって詰所を後にし、病室のベッドにもぐり込んだ。怒りが血流の中を異常な早さで巡回していた。このままこの病院を逃げ出してやろうか、という考えが一瞬浮かんだ。

数十秒後に、血流の中のアドレナリンを追いかけるように、ジアゼパムが流入し始めた。それは、とろりとしたチーズのように、ささくれだった脳細胞にからみつき、荒廃した体中の荒れ地をやさしくほじくり返しはじめた。

やがて、氷結して節《ふし》くれだっていた全身が溶けてほぐれ始め、綿《わた》のごとく疲れた肉体だけがベッドの上をたゆたっていた。

全身が柔毛《にこげ》のマユに包まれる感覚があって、やがておれはとろとろとした眠りの海を漂い始めた。


〈六〉


おれは、天童寺不二雄といっしょに、京都の山の中腹にある「鰓《えら》の寺《でら》」にいた。寺は祭りの最中で、さまざまな屋台や見世物小屋が、長い参道にひしめいていた。

おれと天童寺不二雄は、寺の山門のあたりに腰をおろして、下から登ってくる長い人の列を見おろしていた。

列は三つの縦《たて》の層に分かれていて、左側が爺さん、右側が婆さん、そしてまん中の列を登ってくるのは身長一メートルくらいの、男とも女とも判別のつかない小人の群れだった。

左右の老人たちは、いずれも七十はとうに越えているようで、念仏を唱えながら杖《つえ》をついて、ゆっくりゆっくりと石段を登ってきていた。

おれと不二雄が座っている山門の後ろでは香が焚かれているらしく、紫色の煙がときどきふっと狐《きつね》の尾のような形で流れてきた。

不思議なのは、これほどたくさんの老人が登ってくるのに、降りていく人の姿がいっこうに見当たらないことだった。

その疑問を不二雄に話すと、彼は山頂の方をさし示した。

「ほら。こいつらがお参りにいくのは、あれだから」

見ると、山頂には、いただきいっぱいを埋めつくして、ひとつの肉塊がうごめいていた。それは一匹の巨大なナメクジのようで、紫色のあざやかな体表や、体の底部についたフリル状の膜を見ると、ウミウシかアメフラシのようにも見えた。

「昨日の夜、急に山頂に貼りついてたんだそうだ」

不二雄は笑いながら言った。

「朝刊にのったら、とたんにみんなこうやってお参りにき始めたらしい」

「へえ」

おれは不安な気持ちで、その山頂の巨大なアメフラシをながめた。

「あれはずっとあそこにいるつもりだろうか。山をおりてきたりしないだろうか」

「さあな。こっちから爺さん婆さんが押しかけていってるんだから、わざわざおりてくる必要もないんじゃないか」

「すると、この、いま登っていく人たちというのは……」

「ああ。ヘリコプターから撮ったフィルムを見るとな。あいつの横っ腹には無数の穴があいていて、そのひとつひとつからアリクイの舌みたいなものが出てるようだ。念仏を唱えてる人間の、その音に反応して、山頂じゃ一人ずつ〝まくり込まれてる〟らしい」

「全体、あれは何なんだ」

「腔腸《こうちょう》動物だ」

不二雄はきっぱりと言った。何に関してでもきっぱりと言い放つのが不二雄の癖なのだった。断言した事柄が真実であろうが誤まりであろうが、不二雄にはどうでもいいことなのだ。その場の気配がくっきりとしたものになって、相手と自分の力関係が明らかになればそれでいいのである。ときとして彼は、その癖のために、自分や人をとんでもない危険の方へ導いていくことがある。

「で、おれたちはどうするんだ」

「しばらくここで様子を見る。それから、できれば上まで登ってみたい」

「登るのか」

「ああ。登ってみたい」

「おれはごめんだな。ぽっくりツアーみたいな爺さん婆さんといっしょに、あんなもののところまで行くのは」

「しかし、うまくいけばあれの香腺液だけを取って帰れるかもしれないじゃないか」

「香腺液？」

「なんにも知らずにここまで来たのか。驚いた奴だな。君はこの匂いに気づかなかったのか」

言われてみれば、さっきからまわりの空気に、さわやかなライムのような、それでいてもうすこし甘味を帯びたような芳香がただよっていた。

「これは何だろう。線香の匂いじゃないな」

「この匂いが、あれの分泌している香腺液の匂いだよ。山の上から吹きおろしてくる風にのって流れてくるんだ。みんなあの匂いにつられて登っていくんじゃないか」

「ああ、そうなのか」

「食虫植物は虫をおびき寄せるのに、甘い匂いを出すだろう。動物もジャコウジカみたいに胸腺から芳香液を分泌したりする。ある種のゴキブリは、羽の下に甘くてたまらない味のする分泌物を出して、メスがそれを夢中でなめてる間に交尾するんだ。あれの出す香腺液は、人間にとっては至上の宝物だ。〝歓びの液体〟というのがあれさ」

「ああ、あれがそうなのか」

おれはその名を昔から聞いて知っている気がした。

「徐福《じょふく》もマルコ・ポーロもアレキサンダーも、みんなあれを求めて世界中を旅したんだ。錬金術師が言う賢者の石も、あの香腺液の結石化したもののことだ。ほら、これだよ」

不二雄はポケットから薬包を取り出して、開いてみせた。紫色の水晶のような、ほんの〇・五ミリほどの結晶がひとつぶだけ、紙の上にのっていた。

「これがそうなのか」

「そうさ」

「これをどうすればいいんだ」

「いいものを見せてやろう。ついてこいよ」

不二雄は立ち上がると、山門の中へはいっていった。

はいってすぐのところに手洗場《ちょうず》があった。大きな石臼のくぼみに清冽《せいれつ》な水が満々とたたえられ、ひしゃくが二、三本添えられていた。水は石のくぼみの中央から際限なく湧いてくるようだった。かたわらに立て札があり、

「鰓の寺、石臼の湧き水」

と書いてある。例によって弘法大師が石臼を杖で突いたら、清水が湧き出して云々、といった説明が寄せられている。

「いいか、小島。よおく見てろよ」

不二雄は薬包を取り出すと、中の紫水晶のような結晶を大事そうにつまみ、それを石臼の水の中に静かに落とした。

結晶が落ちたとたんに、水の色がさっと透明な薄い紫色に変わった。同時に、言いようのない甘酸《あまず》っぱくすがすがしい香りがあたりにたちこめた。

「さ。飲んでみろよ」

不二雄は、ひしゃくでその水を汲むと、おれの鼻先に突きつけた。おれは受け取っ

て、おそるおそる一口だけ口に含んでみた。

口の中で冷たい玉がはじけるような感覚があった。つぎに口腔内から鼻先へ、花の精のような芳香がすっと抜けて出た。感じるか感じないかというくらいの、ごくほのかな甘みが舌先にあり、上質の果実のような淡い酸味も感じられる。そしてその味わいの重なりの間に、なにやら未知のコク、いまだ名づけられたことのないであろう軽やかな味覚が潜んでいた。飲みくだすと、その液体は涼しい流れのままに喉を降りていき、口の中には淡い紫色の余韻だけがかすかに残り、やがて消えた。

「うまいか」

「うむ」

これを評する言葉が出なかった。〝何々のような味だ〟というたとえに引き出せる対象がなかったのだ。それよりも、早くふた口目を飲みたかった。

おれはひしゃくに口をつけ、今度は息もつかずにごくごくと飲んだ。

不二雄も自分のひしゃくに汲んで、目をとじて飲んでいる。口元からこぼれたしずくが一すじ二すじしたたり落ちた。

「うーん、なんとも言えんな」

不二雄は一気に飲みほすと、また石臼の中にひしゃくを突っ込んで、二杯目を汲んだ。

「しかしな、天童寺」

「なんだ」

「これは湧き水だから、どんどん湧いてくるんだろ。早く飲まないとすぐに薄まっちまうだろうな」

「それは大丈夫だ。この結晶はゆっくりゆっくり溶け続けるからな。二日や三日じゃ溶けきらないさ」

「……」

「それより、好きなだけ飲めよ。なあに、いくら飲んでも大丈夫さ。酔っ払ってぶっ倒れるってことがないからな、こいつだけは」

「酔うって……これは酒なのか？」

「馬鹿だな、何だと思ってたんだよ」

言われてみると、胃のあたりにほんのりとあたたかな感じがしている。

おれは二杯目に口をつけた。ひしゃくの半分くらいまでを味わって飲んでいると、今度はたしかに胃の全体に陽がさしているような熱感を覚えた。まちがいない、これは酒だ。しかし、通常の酒のように、舌を刺すようなアルコールのとげや、臭《くさ》さがまったくない。酒飲みのおれでさえそれと気づかないほど、これはさわやかで軽い飲み口を持っていた。

それに酔いの最初のキックも、ウィスキーやウォッカのように、胃がカッと灼《や》ける感じではなく、胃の中に小さな小さな太陽が生まれて、そこから体の内部をあたたかく照らしているような、そんな酔いなのだ。

おれと不二雄は、しばらくはものも言わずに夢中になって飲んだ。
五、六杯も飲むとさすがに酔いがまわってきて、全身を多幸感が満たした。そのくせ、飲み疲れて飽きるということはまったくなかった。おれと不二雄は、ものも言わず、ときどき目で微笑をかわすだけだった。
「なるほどなあ」

おれは幸福でいっぱいになって、初めて口をきいた。

「長い間探していたのは、これだったんだな。まさか、こんなものがほんとうにあるとは思わなかったけど」

「そうだろ？　おれもずっとこいつを探していたんだよ。フルーツみたいにいい味で、陶然と酔って、二日酔いもせず、飲めば飲むほど体が元気になっていく。そんな酒をずっと探していたんだ」

「これがいつでも手にはいったら、天国なんだけどな」

「大丈夫。手にはいるさ。おれが今から山の上までいって、あれの香腺液をしこたま取ってきてやる」

「いや、危いからよせよ。死んじまったらどうするんだ、天童寺」

「なあに、そんなに近くまで寄ることはないんだ。あれが移動した跡には、ナメクジの跡みたいに香腺液の帯ができてるはずだ。日中の陽ざしで結晶化して、こぶし大くらいの奴がごろごろ転がっている。楽なもんさ。おれとお前で、千年かかっても飲みきれないくらいの量はたちどころに集まるさ」

またも不二雄は断定的な口調で言った。

「じゃ、おれもいっしょに行くよ」

「だめだ。年寄りの行列の中に、若いのが二人も混じっていると目立ってしまう。いいから小島はここで飲んで待ってろ。二時間ほどで帰ってくるから」

不二雄はそう言うと、最後の一杯をうまそうに飲みほし、ひしゃくをカランと石臼の中に放り込んだ。

「じゃあな」

「ああ、気をつけろよ」

不二雄は山門を出て石段を下り、老人たちの長い行列に向かって歩いていった。

おれは少し不安になって、その後ろ姿を見守った。

老人たちの行列は、相変わらず果てしない長さで連なっていて、その数はさっきよりもずいぶん増えているように思えた。

天童寺不二雄はその列の中に混じると、やがて人波の中に吸い込まれて判別がつかなくなってしまった。おれは目をこらしてその行列をながめた。

列の中に福来に背負われた西浦老人の姿が見えた。福来は、露骨にいやそうな顔つきをしていたが、西浦老はその背中に蛸《たこ》のように貼りついて離れず、猿そっくりに歯をむき出して笑っていた。

その何列か後ろに足を引きずりながら歩いているのは吉田老人だ。額がぱっくり割れて、顔中血まみれになっている。

おれはその行列が黙々と進んでいく行く先の山の頂上を見上げた。

巨大なアメフラシは、最初に見たときよりもひとまわりかふたまわり大きくなっていた。動きも前より活発になったようで、体の横にある何千枚というフリル状の肉ひだが、うねうねとさかんに蠕動《ぜんどう》していた。

おれはそれを見て、アメフラシがもうすぐ動き出して、山の斜面をくだり始めるにちがいないと確信した。

「おーい、天童寺、危いから帰ってこい」

おれは声をふりしぼって叫んだ。

「小島さん、小島さん」

看護婦に揺さぶられて目が醒めた。背中一面にぐっしょりと冷や汗をかいていた。

「採血をしますから起きてくださいね」

どんよりと頭の中が曇っている。たまらなく喉が渇く。おれはあれが飲みたい。薄紫色の液体。いい香りのする、ほんのり甘い石臼の中の酒。神話の酒。ネクタール。神の酒《ソーマ》。

看護婦に預けた腕にゴムのチューブが巻きつけられる。こぶしを握る。浮き立つ血管。おれはまた顔をそむける。チクッと痛みが走る。管の中におれのどす黒い血がたっぷりと吸い上げられる。

口の中に体温計が突っ込まれる。

脈。

血圧が計られる。九〇〜一六〇。高い。あんなに血を抜いたのにねえ。

「今日から毎日、二時半から三時の間に、自分で体温を計ってくださいね。体温計はふらずにそのまま枕元のケースに入れといてください。定刻に集計して回りますから。それから、毎週火曜日に詰所の体重計で体重を計ります。これも忘れないように。いま何キロあるの?」

「さあ、五十キロくらいですか」

「ずいぶんやせてるものねえ」

「前は五十八キロから六十キロくらいあったんですけどね」

看護婦は気のせいか、うらやましそうな目でおれの削《そ》げおちた頰を見た。その瞬間、おれは自分の書くべき本のタイトルを思いついた。おれの書くべき本は、ミステリーなんかではなかったのだ。

『病気でやせるダイエット』

これはベストセラーまちがいなしだ。なぜ早く気づかなかったのだろう。

「なにをニヤニヤ笑ってるの?」

体温計を口から抜きながら看護婦が尋ねた。

「いえ、別に……」

枕元に、ビタミン剤ではない、初めて見る薬が置かれる。

「小島さん、このお薬を今日から二日間、毎食後二錠ずつ飲んで下さい。これは明後日の腹部エコー検査用のお薬ですから、忘れないようにね」

「あの……それって、あれですか。腹に穴あけて中身を見るっていう」

「それは肝生検でしょ。そうじゃなくて腹部エコーです」

「痛いんですか」

「痛くないわよ。音波で調べるだけだから。なに、恐いの？」

「いえ……はい」

「今日はこれから心電図を取りますからね。それと排尿量の検査とは別に尿検査をしますから、検尿窓口に出しておいてください」

「けっこういろいろあるんですね」

「当分はいろいろな検査がありますから、ハードかもしれないわよ。糖の分解速度の検査、糖負荷《とうふか》検査っていうんだけど、これのときには三十分おきに五回も採血しないといけないし。とにかく静かに横になってちゃんと食べて、体力つけないとね」

「はい」

「それはそうと、小島さん、あんまりお水飲んじゃだめよ」

「はい？」

「おしっこがどんどん出るのはいいことだけど、あんなに出るのはお水の飲み過ぎよ。胃酸が薄まって消化に悪いわよ」

看護婦の真剣な目つきで、おれは昨日の排尿袋の一件を思い出した。眉根にしわを寄せて、極力真剣な表情をつくり、おれはうなずいた。

「わかりました。気をつけます。おれ、生まれつき水が好きなもんですから」

「そう。そんなに水が好きなら、お酒なんか飲まずに水を飲んでりゃよかったのに」

「そうですね」

その後、検査室で心電図をとり、病室へ帰ると、また点滴が待っていた。

おれの血管には、この二日間だけで何度も針が打ち込まれている。右腕の肘の内側が内出血で黒紫のアザになってきた。一見、シャブ中の腕のようだ。

点滴が終わってトイレに行く。

尿の色がコーラ色から茶褐色に薄まっている。量も少し多くなって来たようだ。今日は水で増やすのはやめておこう。

それにしても、吉田老の尿袋は今日も堂々たるものだ。利尿剤を投与されているのかもしれない。

部屋にもどると、昼食が届いていた。

白粥。梅干し。野菜と油揚げの煮もの。白身の何だか大きな魚の切り身。しょうゆで煮つけてある。

見ているうちに、おれの中でなんだかなつかしい感覚が頭をもたげてきた。

はて、この感じは何なのだろう。長い間忘れていた、この切ない感覚。

「これは、食欲だ」

おれは、かなり驚いた。おれは腹が減っているのだ。ウイスキーに渇いているのではなく、メシが食いたいのだ。

塗り箸を取って粥の丼を手にし、こわごわ鼻先に持っていって匂いを嗅いでみた。

昨日は嗅いだだけでムッとする温気に当てられ、吐き気を催したのに、今日は何ともない。むしろ口の中に唾がたまってくるようなあたたかい香りだ。

おれは粥をすすり、梅干しをかじり、野菜や魚を嚙みしめた。そうそう、〝嚙む〟というのはこういう感じだ。臼歯《きゆうし》に力を軽くこめると、旨味のあるエキスがじゅっと流れ出て口いっぱいにひろがる。前歯で食いちぎり、奥歯で嚙む。灼けるようなアルコールを流し込むのではなくて、形のあるものを口の中で嚙む。嚙んで嚙んで、また嚙む。何もかもがつき砕かれ、すりつぶされ、口の中で溶岩のようにとろけて、甘い味が出てくるまで、嚙んで嚙んで、また嚙む。そして、ゆっくりと呑みくだす。

おれは食った。

固形物を食うのが何日ぶりなのかは知らないが、そんなことを考えるひまもなく、全身を舌にして食った。

胃がしぼんでいるのと、あまりに嚙み過ぎたせいだろう、三分の二くらい食ったところで満腹になってしまい、全部はたいらげられなかった。

それでも、メシを食ったこと、そのこと自体におれは感動した。

食後の熱いお茶を飲んだときの充足感。軽くせり上がってくる、品のないゲップ。心地よい眠気。

うとうとしているところへ赤河がやってきた。

「勉強家のアル中さんよ。ジアゼパムはどうだった。クセになりそうか」

くそったれめ。いつもいいところで出てきやがる。大男め。ヒゲ面め。象に乗っかったターバン野郎め。

「どうだ。少しは眠れたか」

「ええ、おかげさまで」

「そうか。今日一日、三回筋注して様子を見よう。アルコール性てんかんってのが一番物騒《ぶっそう》だからな。振戦譫妄《しんせんせんもう》も、今日一日乗り越えたら大丈夫だろう。はい、これを見て」

赤河は俺の目の前に細いガラス棒を突きつけた。

「これの先っちょをよく見て。動かすから目で追うんだ」

「なんですか。催眠術ですか？」

「催眠術はな、バカと狂人にはかからんのだ。あんたにゃ無理だ」

「そりゃどうも」

「アルコールが神経にきてるかどうか調べるんだ。いいから、先っちょを見んか」

「はい」

赤河はガラス棒の先を、おれの目の前で上下左右、自在に動かした。それを追うおれの目の動きをじっと見ている。

「よし。じゃ、横になって目をつむって。今から私があんたの足の指をつまんで上下へ上げ下げするからな。どの指を上、下、という風に答えるんだ。中指を上、とかだ。わかるね」

「はい」

目をつむっていると、赤河がおれの足の指をいじくり始めた。

「さあ、今、どうしている」

「ええっとですね。その……」

「どうした」

「薬指を下へ下げてますね」

「そうだ。じゃ、これは」

「それはですね。ええっと」

「どうした、わからんのか」

「いえ。その……人さし指を下へ下げてます」

「そうだ。じゃ、これは」

「親指を上へ」

「これは」

「小指を上へ」

「これは」

「ええ、それは……」

「どうした」

「中指を下へ」

「そうだ。ふうむ。こりゃいかんな」

「いけませんか」

「反応が遅すぎる。アルコールで末端の神経が麻痺しているんだろうな」

「いえ、そうじゃないんです」

「医者が判断をくだしてるのに、患者が〝そうじゃない〟って口のきき方があるか。なにかっていうとあんた、医者に対抗意識を持って知識をひけらかす癖があるんじゃないのか」

「いや、そうじゃなくてですね。普通ですね。手の親指小指ってのは日常でも使いますが、足の人さし指だとか、足の薬指ってのはまず使わんでしょう」

「だからどうなんだ」

「だから、咄嗟《とっさ》につままれても急には出てこないんですよ、名前が……」

「ふむ」

「だが、もう覚えました。大丈夫ですからもう一度お願いします」

「ふん。それならそれでいいんだ。私だってあんたの足の指なんか、好きでさわりたいわけじゃないんだからな」

「そうでしょうね。因果な商売ですね」

「なんだと？」

赤河は思いっきり乱暴に俺の腕に注射針を突き刺し、セルシン（ジアゼパム）を注射した。

〈七〉


おれは、ベッドに腰かけて窓の外をながめていた。

陽の落ちるのが早くなった。

四時になるかならないかという時間なのに、太陽はもう柿のような色になって一日の役目を終えようとしている。

病院の向かいの公園では、おれが入院直前に最後の酒をあおっていたときにも見かけた車椅子の婆さんが、一人ぽつんと鳩の群れを見ている。

その鳩の群れから三、四羽が急に飛び立った。公園を横切って、誰かが歩いてきたせいだ。

大きな紙袋をふたつ下げた若い女が早足で歩いてくる。

白いドレスに樹々の影が落ちて複雑な象形文字《しょうけい》を描いている。短く刈り揃えた、少年のような髪。透明感のある白く細《こま》やかな肌。気の強そうな一重まぶた。鹿の目。まぶたの幅よりも小さく結ばれた唇。

女は公園を横切って出口の近くまでくると急に歩みを止めた。そして、おれの視線を感じていたかのように、〝きっ〟と顔を上げると一直線におれのいる窓に目を向けた。正確におれの眉間《みけん》に向けて矢を放つような強い視線。

天童寺さやかだ。

おれは病室の窓から微笑《ほほえ》みかけた。

さやかは唇のはしを力ずくで動かしたかのようにゆがめてみせたが、それは笑みにはなっていなかった。

さやかはそのまま足早に道路を横切って、視界から消えた。

彼女が病室の入り口に現われたのは、きっかり一分後だった。

さやかはつかつかおれのベッドのところまでくると、両手に持った紙のバッグをどさりとベッドの上に放り投げた。

「ああ、重かった。男の人のものって、どうしてこんなに重いのかしら。腕が抜けそうだわ」

おれがなにか言おうとするのをさやかは自分の言葉でさえぎった。

「こっちの袋、赤い方ね。これがTシャツ、ジャージ、下着類、バスタオル、石けん、シェイバー、歯ブラシ、歯みがき、その他もろもろ。底の方に本、雑誌、原稿用紙、メモ帖なんかがはいってるわ。こっちのバッグには、毛布と上着、メガネ、小さなラジオ、ウォークマン、カセット、紙コップ、スプーン、フォーク、紙皿、時計、そんなものかしら。これも底に本、雑誌類がはいってますから。それからこれは、ここ三日間ほどで受けた電話の内容連絡。ここ一ヵ月以内に入稿する予定だった仕事は、すべてキャンセルの電話を担当者に入れました。一応、入院名目は過労と内臓疾《しっ》患《かん》で倒れた、ということにしてあります。今日以降はいる仕事の依頼も、すべて同じ名目で断わります。連載ものに関しては一時休載という形にしてもらってますから。

それからこれは、向こう三ヵ月間の振り込み入金予定と支払予定、および銀行残高の予定明細です。その他になにか要《い》るものがあれば、明日にでも事務所のほうに電話してください。いいですか？」

一気にしゃべるさやかの顔を、おれはジッと見つめていた。まぶたがはれて、顔全体がすこしむくんでいる。泣いていたのにちがいない。昨日の夜か、あるいはついさっきまで。

「ほかになにか用事がある？　なかったら私は帰ります。仕事の整理がたいへんだから」

「ちょっと待ってくれ。そんな、尻に火がついたみたいに帰ることはないだろう。病院にきたからって病気がうつるわけじゃないんだから。むこうに喫煙室があるんだ。ここじゃなんだから、そっちへ行って一服しよう」

廊下を歩いていると、前から補助器具の手すりにすがりついた西浦老が、ちょこちょこと進んできた。どうやらリハビリに精出す気になったらしい。

喫煙室にはさいわい誰もいなかった。

おれは座って、ロングピースに火をつけ、深々と吸った。さやかは向かい側に座って、ぴったり膝を閉じ、固い姿勢で俺から視線をそらせている。

おれは、しばらく無言のままで煙草を吸った。一本吸い終わってもまだ黙っていた。言葉が見つからなかったのだ。

二本目に火をつけてから、おれはつとめて明るい調子で言った。

「今日ね、メシが食えた」

さやかはうつむいたまま、口の中で、

「そう……」

とつぶやいた。

「点滴を二回うってもらったら、ずいぶん楽になった。メシまで食えるとは思わなかったけどね」

「…………」

「禁断症状が出るのかと思ってたけど。幻覚とかね。思ってたほどのことは何もなかったぞ。少し手がふるえたけど、安定剤をうってもらったら、よく眠れた」

「……そうなの」

「お兄さんのね、夢を見たよ。二人で変な山に登って、賢者の石《ラピス》を探す夢だった。いっしょに不思議な酒を飲んでね」

「そう」

「アルコールで入院してるのに、酒飲む夢を見るってのも不謹慎だけどね」

「…………」

「いろいろ検査はしてもらってるんだけどね。病名とか、詳しいことはまだわからないんだ。肝生検っていってな、腹に穴をあけて肝細胞を取る検査をするらしい。それは体力が要るから、もっと元気になってからなんだ。当分は養生したり血液検査したりってとこらしい」

「ふうん」

「だから、あんまり、その……心配しないでくれよな……」

言ったとたんにおれの右の頬が激しい音をたてて鳴った。さやかが平手《ひらて》で張ったのだ。

「いてっ」

「何が〝心配するな〟よ」

さやかは立ち上がって、上気した顔でおれをにらみすえていた。肩が小きざみにふるえている。

「いてえな。病人に乱暴をするなよ。しかも年上の雇い主をひっぱたくってのはどういう女なんだ」

こんどは左の頬が鳴った。

右ばかり押さえていたので左のガードががら空きだったのだ。まさか往復ビンタでくるとは思わなかった。

「ひっぱたかれて当然でしょう。飲んだくれたあげくにアル中になって入院しといて。なにが〝心配するな〟よ。当たり前よ。誰が小島さんの心配なんかするもんか。心配するのなら、もっと心配しがいのある人間相手にするわよ。小島さんなんか、勝手に肝硬変にでも何でもなって、死んじまえばいいのよ」

　さやかは手に持っていたハンドバッグで、上からバシバシと容赦《ようしゃ》なくおれを殴った。そしてそのままきびすを返すと、ナチスの女収容所長のように肩を怒らせて、廊下にヒールを打ちつけながら帰っていった。

　おれは唖然《あぜん》として、しばらくは放心状態のまま、さやかが出ていった喫煙室の入り口をながめていた。

　と、その入り口の空間に、ぬうっと人の頭が、ひとつ、ふたつ、みっつ出た。三婆だ。

　みっつの頭の一番下の位置にある、車椅子のおばさんが、口の中の金歯を全部開陳《かいちん》しながら、ニタァ〜ッと笑った。

「見たわよぉ〜っ！」

「あ……」

「ちょっとすごいわねえ、ぼく。いさましい女の人じゃないのよお。奥さん？」

「いえ。おれの事務所で雇ってる女の子でしてね」

「へえ〜。じゃ、言やあ、あんたが社長で、あっちが社員じゃないの。今日びの女の子はすごいことするわねえ。見たでしょ、あんたたち」

「見たわよ、見たわよ」

「ビンタくらわしたうえに、ハンドバッグでビシビシ」

「勇気あるわねえ」

「あんな高そうなバッグで。ちょっとあれ、グッチよねえ」

「グッチよ、グッチよ」

「痛まないかしらねえ」

「ハンドバッグより、おれのほうがよっぽど痛んでますよ」

「そりゃそうよねえ。しっかし、今日びの女の子ってのはきついわよねえ」

「あんたもえらいの雇っちゃったわねえ」

「はい。もともと気の強い子だとは思ってたんですけどね」

しかし、おれには十分過ぎるほどわかっているのだ。さやかは、明日も来るし、あさってても来るだろう。鷹のように肩を怒らせて。さやかは涙でできている。だから決して泣かない女だ。

不二雄が死んだときでさえ、他人の前では微笑んで見せた女。

太陽の乳房と月の背中を持った女。

天使の翼と悪魔の羊蹄を持った女。

石と火の女。

灰とダイヤモンドの女。

言葉でも絵でも描くことのできない女。

不在の女。遍在の女。

昨日生まれて太古に埋められた女。

祈りと呪いに引き裂かれた性器を持つ女。

夢によってつむがれ、目醒めによって縫われた目を持つ女。

銀河の肉体と素粒子の頭部の女。

おれのすべての女。おれの無の女。

死の女。生の女。


おれは夢想から醒めると、部屋にもどった。

少し前に置かれたらしい夕食が、台の上で冷《さ》めかかっているところだった。

おれは、今度こそ本物の、猛烈な空腹を覚え、それをがつがつとむさぼり食った。

全部食べても、まだ腹が減っているくらいだった。例のビンタが、おれの生命力に活を入れたのかもしれない。

その夜は、考えられないことだが、腹が減ったためになかなか寝つけなかった。

おれは夜中に喫煙室で所在ない時間を過ごした。

廊下をウロウロしていると、それまでまったく気づかなかったことを発見した。

この病棟はこの廊下をはさんで左右に病室のある、長方形の建物だと思っていたのだが、実は廊下の突き当たりから直角に折れて、さらにその奥があったのである。つまりこの病棟は「L字型」の建物なのだった。

その出っ張った「L」字の下辺は新しい建物らしく、廊下の突き当たりを境にくっきりと新旧の色が分かれていた。

その新しい方の建物のトイレは、ぴかぴかで清潔で、なかなかに快適そうなのである。

おれは、ためしにそこで用を足してみることにした。

「夜泣き爺いの怪」に出くわすとも知らずに。

〈八〉


「ぼく、どうしたの」

「独りで淋しそうに」

喫煙所で窓の外を見ていると、三婆がにぎやかにはいってきた。

「決まってるじゃない。昨日、自分が雇ってる女の子にハンドバッグで殴られたのがこたえてるのよ。ね、ぼく」

車椅子に座った〝松〟おばさんが嬉しそうに言った。このおばさんは〝副田《そえだ》ちか子〟が本名なのだが、おれはややこしいので三婆を「松」「竹」「梅」と秘かに呼び分けている。松おばさんは三人の中でも一番口が達者で、左右の二人に車椅子を押させているところなどは「しなびたマリー・アントワネット」といった風情だ。

やせぎすでいつもパンタロンにチャンチャンコを着込んでいるのは、〝井口《いぐち》なお女史〟。これは〝竹〟おばさんだ。ヒョロッと細長く、裸になると体の関節ごとに〝ふし〟がありそうな気がするから〝竹〟にした。

もう一人の〝梅〟おばさんこと〝馬淵咲子《まぶちさきこ》〟女史は、三人の中では一番色っぽい。ぽっちゃりしていて、くりっと可愛い目を持っている。

「べつに、しょげてるわけじゃないですよ。昨日の夜、変なことがあってね。それ、思い出してたんですよ」

「変なこと？」

「夜中、寝つけなくって、廊下をウロウロしてたら、この突き当たりから直角にまだ病室が続いてるのに気がついて」

「新館の方へ行ったんだね」

「新館っていうんですか、あそこ。おれはてっきりあの突き当たりで建物が終わってるもんだと思ってたからね」

「それが変なことかい？」

「そうじゃなくて、その新館のトイレが新しくてきれいなもんだから、用足ししてたんですよ」

「ちょっと聞いた？　〝用足し〟してたんだってさ」

「いいとこのお坊っちゃまは言葉遣いからしてさすがだねえ」

「その足してた用ってのは、〝大〟の方かい、〝小〟の方かい？」

「まぜ返さないでくださいよ。〝中〟の方ですよ」

三婆はキャッキャ笑って、〝中だってえ〟と何度も反復した。

「で、その〝中〟の用を足してたら、変な声が聞こえてきた」

「どんな声？」

「〝おお〜ん、おお〜ん〟っていうような、遠吠えみたいな悲しそうな泣き声なんですけどね。それがいつまでも続いてるんですよ」

おれがそう言ったとたんに、三婆は互いの顔を見合わせた。松おばさんがおれの方へ身を乗り出すと、声をひそめて言った。

「いやだねえ。あんた、あれを聞いちゃったのかい」

梅おばさんは脅《おび》えた顔つきで竹おばさんを見た。

「また出たんだねえ」

「しばらく出なかったんだけどねえ」

おれは背筋に冷たい水をぶっかけられた思いがした。

「また出たっていうと……」

「あんた、その声がどこから聞こえてくるか、たしかめてみたのかい？」

「いえ。ただ、けっこう近い場所で誰かが泣いてるように思ったけど」

「その声。トイレの斜め向かいにある二二四号室から聞こえてこなかったかい？」

「部屋番号までは。気味悪いんで早々に部屋に帰ってフトンかぶっちゃいましたから」

松おばさんが上目づかいにおれを見上げながら、抑揚《よくよう》をおさえた声でつぶやいた。

「あの二二四号室はね、鍵がかけてあって、今は誰も使ってないんだよ」

「え？」

「半年前までは個室に使ってたんだけどね。はいる人、はいる人、みんな次の日には青くなって、部屋換えてくれっていうもんだからさ。変な噂がたって、あかずの間にしちゃったんだよ」

「変な噂……」

「一年前にね、あそこに急性肺炎のおじいさんが入院してたんだけどさ。急死しちゃったんだよね。どうも看護婦が注射の薬をまちがえて、とんでもないもの射っちゃったらしいんだよ。それ以来、あの部屋に入院した人はさ、夜中になると目が覚めるのよ。誰かが自分の上に乗っかってるみたいで、重くて息が苦しくなる。で、みると自分のお腹の上に、青い顔してやせたおじいさんが乗っかって、じいっと恨めし気にこっちを見てる」

「………………」

「あんまりそんなこと言う人が続くもんだから、鍵かけて封鎖したんだけどね。それ以来だよ。夜中んなると二二四号室から、恨めしそうな泣き声が聞こえるようになったのは……」

一瞬静まり返った喫煙室の中で、ごくりという音が響き渡った。おれが唾を飲み込んだ音だ。

それを聞いたとたんに、三婆が、窓ガラスがびりびりふるえそうな大声で笑い出した。

「あーっははは。ちょっと聞いた？〝ごくっ〟だってさ」

「いやだねえ、青い顔しちゃって、このぼくは」

おれも仕方なしに苦笑いを浮かべた。

はめられたようだ。

三婆はなかなか笑い止まない。梅おばさんにいたっては、涙と洟《はな》を同時に出して、それをガーゼで押さえつつけいれんしている。

「ほんとのところは何なんですか、あの声は」

ようよう笑いのおさまりかけた竹おばさんが答えた。

「あれはあたしたち夜泣き爺いって言ってるけどね。住吉篤二郎《すみよしとくじろう》っていうお爺さん。昔、この裏手にある女学校の校長先生してた人なんだけどね。夜になると痛むらしくて、ああやって泣くんだよ。喉の手術して、今はパイプが通ってるからあんな声になるらしい」

「病気の人をダシにして人をかつぐのは、いい趣味じゃないな」

おれはだまされた口惜しさで、柄《がら》になくまともなことを言った。

「〝病気の人を〟だって。バカだね、ぼくは。ここには病気の人しかいないんだから仕方ないじゃないか」

「それはそうでしょうが……」

「あたしたちだって、まさか亡くなった人まではダシにしやしないよ。病人と死人は別もんだからね。でも、死なないうちはみんなおんなじ病人なんだからさ。むずかしい顔して気の毒がったってしょうがないんだよ。けたけた笑ってないと、なおるもんもなおらないからね」

「そんなもんですかね」

「そうだよ。あたしの足だって、もう一生なおらないんだから。めそめそしたらそれでおしまいだよ」

「ひどいんですか、足」

「ぐしゃぐしゃだよ、つぶれて」

「どうしてそうなったんです？」

「オートバイでね、人の家に突っ込んじゃったんだよ」

「バイクの事故ですか。勇ましいな」

「路地《ろじ》から急に子供の自転車が飛び出してきたからさ。突っ込むしかなかったんだよ、人さまの家に。あたしはオートバイに敷かれて痛かったけど、向こうの人もびっくりしてたよ。家族そろってご飯食べてたんだもの。ご飯食べてたらいきなりおばさんの乗ったオートバイがガラス戸破って突っ込んできたんだからね。消化に悪いわよ。あっははは」

〈九〉

今日は入院して三日目になる。初日の深夜に出た手のふるえ、悪寒《おかん》、冷や汗などの禁断症状は、処方してもらったジアゼパムとニトラゼパムが効いたのだろう、なんとかおさまった。

赤河医師の言ったとおり、アルコールを断って六、七時間くらいで出てくる禁断症状はまだ比較的軽いようだ。アルコールに浸っている度合いが強いと、四十八時間以降に重篤《じゅうとく》な退薬症状が出てくる。アルコール性のてんかんなどが危険な症状だ。ただ、今日で三日目が無事に経過中だということは、おれの場合、一番危険なヤマは越えつつあるということだろう。

体のふるえや悪寒は止んだものの、底のないようなだるさが体の芯に残っている。気分は非常に重い。不安と憂鬱。長い期間、四六時中酔っ払ってすごしていたために、シラフでいることはおれにとって異様な体験なのだ。すがるもの、杖とするものがない不安。おれは重度の近視なのでわかるのだが、この不安な感じは、極度の近視の人間がメガネを失くしてしまったときのあせりによく似ている。メガネを探さねばならないのに、メガネがないからうまく探せない。入り組んで出口のない不安だ。アルコールが抜けたときのこの心もとなさは、メガネを失くした不安を何十倍か強烈にした感じだ。おれはずっと酩酊《めいてい》がもたらす、膜を一枚かぶったような非現実の中で暮らしてきた。酔いがもたらす「鈍さ」が現実をやわらげていたのだ。それがいま、尖端恐怖症の人間に突きつけられたエンピツの先にも似た、裸で生《なま》の世界が鋭角的に迫ってくる。

メガネを失くしたのとは逆で、くっきりと鮮明な現実が、アル中の濁った五感を威圧するのだ。

ま、こんなものは、依存症者の腐った寝言だ。シラフで現実に対処している下戸《げこ》や女・子供の方がよほどリアリティに対して強靭《きょうじん》なのだ（もっとも、女性のアル中も最近は増えているが）。あるいは、リアリティに対してもともと抗性のない人間が、アル中なり薬物中毒になるのかもしれない。

いずれにせよ、第一関門としてのおれの禁断症状は、自分で予想していたほどに苛烈ではなかった。

おれは、この禁断症状に対して、けっこう腹をくくって待機していたのである。予備知識は、さまざまなアル中に関する文献を漁《あさ》るうちに自然と頭にはいっていた。

赤河に対しては、

「禁断症状？　小さな大名行列が見えるっていう」ととぼけたが、禁断症状がそんなファンタスティックなものでないことは百も承知していた。

おれ自身が経験せずにすんだ最悪の状態については『アル中地獄』（邦山照彦著、第三書館）なる本の中に詳しく描かれている。アル中に関する文献は、医師の手になる学術本、啓蒙本がほとんどだ。アル中患者本人は、その中で症例として紹介されるか、短い手記を寄せるか、といった扱いになる。『アル中地獄』は日本で、あるいは世界でおそらく唯一の、アル中患者本人があらわした著作物だろう。

著者の邦山照彦氏は、十余年間に実に三十六回、アル中病棟を出入りした人物だ。文字通り「アル中歴日本一」の記録保持者だ。廃人寸前にまでなりながら、奇蹟的な復活を遂《と》げ、いまは故郷の高山で自営業を営んでおられる。

この本の中にはさまざまな禁断症状が描かれているが、中でも印象に残るのは、自分の脳みそが破裂するアルコール性幻覚だろう。

『私は時間の感覚を失い、呆然《ぼうぜん》として目をつむった。するとまたしても、赤や黄色の強烈な原色の世界へ引き込まれていった。めくるめく原色の世界を歩きながら、私は激しい頭痛を覚え、奈落《ならく》の底へ転落するように、「ドカーン！」と倒れた。その瞬間である。

「バラ、バラ、バラ！」と頭蓋骨が砕け散ったのは。

「し、しまった！」

私は大声で叫んだ。見よ！　床一面に私の脳細胞が散乱しているではないか。それらは通路やベッドの下に、細かい破片となって輝いていた。

「ああ、どえらいことになったぞ！」

私は絶望的な悲鳴を上げると、夢中になって破片を拾い集めた。それらはデリケートな歯車のついた不格好な〝細胞〟に見えた。私はそれらを一つ一つ、自らの頭部に当てはめてみた。何とも気の遠くなるような作業だった。

「頼むで誰か手伝ってくれんかい？」

二十数名の患者たちが、かたずを飲んで私の奇行を見守っていた。やがて何人かの男たちが私に近づいて来た。

「どうかしたのか？」

心配そうに私の顔をのぞき込んだのは中年の男だった。

「オレの脳細胞がバラバラにふっ飛んでしまったんや。すまんが向うの隅からほうきで掃いて来てくれんかな」

「よし、よし、分かった」と、その中年男は、ほうきを取って破片を掃き集めにかかった。その間に私は、他の男たちに手伝わせて、ベッドの下に散乱している破片を集めた。

「どうや、これもそうやろ?」

「おっ、あったか。どれどれ、こいつは右の前面の細胞かな、ムムッ……それとも左の後頭部かな?」

などと、私は心優しき同病者たちの差し出す〝見えざる破片〟を、一つ一つ自らの頭部に収納するのだった。

それは根気な、しかし希望に満ちた作業だった。私は一つ一つ再生の可能性に向かって、自らの失われた頭部を取り戻して行ったのだ。だが最後に、最も大切な右後頭部の細胞が無いことに気づいた。私は泣きながら這いずり廻り、次第に絶望していった。その時である。

「トイレの前に落ちとるぞ!」

という誰かの声が聞こえた。私はとび上がらんばかりに喜び、しっかりと両手で頭部を支えながら、廊下へとび出していった。

「あった！」

そこに、トイレの前の床に、最後の一片は光り輝いて落ちているではないか。感動に胸をふるわせながら、私はそっと腰をかがめ、左手で頭部を固定しながら、右手でそれを拾い上げ、右後頭部の欠陥部分に当てはめた。

「やったッ！　ピッタシや！」

私は恐るおそる立ち上がると、両手でしっかりと頭部を押さえ、そろそろとベッドに帰り、そっとフトンの中へ入った。しかしその瞬間、再び電光が貫《つらぬ》き、脳細胞がバラバラに飛び散ってしまったのである。

「ああ、もうオレはダメだッ！」

私は大声で泣き叫んで失神した。気がつくと目の前に白衣がちらついていた。私は自分の〝協力者〟が現れたと思い、「助けて下さい！」と哀願した。白衣の人は「心配しないで寝なさい」と言って腕に注射をうった。

翌朝、私は正気に目覚めた。アルコール中毒の禁断症状による幻覚は、それを乗り越えると全く正常な状態に戻るのである。昨夜の悪夢のような体験を思い出して、慄《りっ》然《ぜん》としている私。〝同志〟たちは言った。

「邦山さん、ゆうべは迫力あったぜ」

「超Aクラスの禁断症状やな」

「三時間くらい演《や》ってござったでな」』

これは本の中でもハイライトにあたる禁断幻覚だが、他の資料を見てもこれほどまでの劇的な幻覚の記述は少ない。

多くの文献に共通して見られる幻覚は、「虫」もしくは「小動物」が体を這いまわるという幻覚だ。取っても取っても際限なくゴキブリやアリなどの虫が体を這い、食い破り、本人は恐慌状態におちいる。いわゆる「虫取り動作」を見せるのがこういう幻覚に共通の異常行動である。

次に共通しているのは、被害妄想的な幻聴幻視だ。

妻や家族などが〝あいつは一家の恥だから抹殺してしまおう〟などと相談している声が聞こえたりする。

先の邦山氏も、猟銃を持った兄が玄関に現われ、自分を射殺しようとして家中を追いまわす幻覚を見たりしている。

アル中の幻覚の特徴は、どうやらそれがすさまじいまでのリアリティを持っているところにあるらしい。猟銃を持った兄に追いまわされた邦山氏は、一方では現実の母親に救けを求め、兄を説得してくれと懇願《こんがん》しているのだ。現実の中に幻覚が入り混じっている。

この訴えに対して母親は困惑し、邦山氏が〝そこにほら、兄貴がいるじゃないか〟と指さす玄関口を見て、何もいはしない、と否定している。しかし、邦山氏には銃を持った兄の姿がはっきりと見え、

「お前は一家の恥だから死んでつぐなえ」

という言葉まで聞こえているのだ。

母親は邦山氏の肩を叩き、

「それはお前、酒呑み特有のあれではないのかい？」

と、さとしている。

脳みそ破裂の一件にしても、同室の患者たちは邦山氏の幻覚に対して芝居で応《こた》えてやり、氏自身も後でその心優しい対応に感謝している。つまり、アル中の幻覚においては、現実の中にぽつんとひとつの強迫観念が、たぐいまれなリアリティを持ってまぎれ込んでくるのだ。そしてそれらの幻覚は、すべてアルコールに憑かれた本人への呵責《かしやく》の形をとってあらわれてくる。赤河がそのことをさして、

「地獄だ」

と言ったのはまちがいではない。「ピンクの象」なら見てみたい気もするが、体をおおいつくす虫どもや、自分を殺しにくる肉親の幻覚など、誰だってごめんだろう。

先におれは、アル中というのはリアリティにまっ向《こう》からたちむかえず、鈍麻《どんま》の中に逃避する人間だと言った。そうした脆弱《ぜいじゃく》さへのしっぺ返しは、皮肉にもアル中の苦手な「リアリティ」を持った幻覚としてたちあらわれてくるのだ。

しかし、ひょっとするとそうした強迫的幻覚が持つリアリティは、自我が、ともすれば非現実の酩酊へ逃れようとする自身に対して与える最後通告なのではないだろうか。となれば、まだそこにクモの糸のような救いへの可能性が残されているのかもしれない。

つぶしてもつぶしても次々にわいてくる小さな虫の群れ。生でむきだしの現実がおれたちをチクチクと刺してくる手口は、このアル中の幻覚に似てはいないか。羽虫のように襲ってくる、このとげとげした現実を受け入れて生き延びるか。それともアルコールの海に入水《じゅすい》して早めにおっ死《ち》ぬか。どっちにしてもぞっとしない選択だ。おれは「赤マント青マント」の話を思い出す。

これは、中高生の間で語り継がれている噂話で、仕事のために取材していて仕入れた話だ。古くから全国スケールで、子供たちの間に連綿《れんめん》と継承されているらしい。

　ロケーションはたいてい話し手の住んでいる町内の公園にある公衆便所だ。夜中にここを通ると、トイレの中から女の声がする。

「赤いマントをかけてあげようか。青いマントをかけてあげようか」

　どちらか答えないと金縛《かなしば》りにあったまま動けなくなる。「赤いマント」と答えると、全身をメッタ突きにされて、まっ赤になって死ぬ。「青いマント」を選ぶと、身体中の血を一滴残さず吸い取られて、まっ青になって死ぬのだ。

　酔生夢死《すいせいむし》か、いがらっぽくても生きる方を選ぶか。赤いマントか青いマントか。

　こいつは実に重大な問題だ。考え出したら一生かかるような難問だ。誰かおれのかわりに考えてくれないだろうか。そして、お前には赤マントだ、といった結論だけを命令してほしい。なぜそうなのか、の理屈はいらない。おれはヘソ曲がりだから、誰かが命令してくれればそれに逆らうことができる。それでやっとどっちかへ転がり動いていける。

　喫煙室から部屋に帰ると、吉田老が誰かをどなりつけていた。吉田老は、ベッドから落ちたときにつけた傷跡に、痛々しい絆創膏《ばんそうこう》を貼りつけている。包帯でぐるぐる巻きにして台座に乗せた足とあいまって、野戦病院の負傷兵といった感じだ。この負傷兵は、気だけは荒くて、おまけに声が大きい。

「今ごろのこのこ来て何になる。事がおさまってからひょこひょこ出てきやがって、このばかたれがっ」

どなりつけられているのはちんまりと背を丸めた貧相《ひんそう》な婆さんだ。

「何十年か連れ添うとったら、犬でももうちっと気をきかすぞ。ただきい足がうずいて難儀しとるのに、寝台から落ちてたいそうな血が出とるんだ。身養いになる食いもんのひとつも下げて飛んでくるのが女房っちゅうもんだろうが。えっ」

老婦人は顔を伏せてちぢこまっているが、別にしょんぼりしている様子でもない。四十年も五十年もこの調子でどなりつけられてきて、何も感じなくなっているのだろう。よく見ると、落とした視線の先、膝の上で梨をむいている。

「ケガなすったって電話があったから、泰助に会社の帰りにでも寄るように言っといたんですけどねえ」

「あんなもな、お前。ここにはいって三日目にひょこっと顔出したっきりで、来るこっちゃない。あれはお前、会社の仕事もあることで、ここの面会は九時までだから。来んというても別に薄情で来んのじゃない。わしは、お前の来んのがいかんと言うとるのだ」

「昨日はね、私もお薬をもらいに行く日でしたから」

「薬をもらいに行くのに丸一日かかるのか。え？　北海道や九州の病院に通っとるわけじゃないだろうが」

「腰がまた痛んだんで、出るのがつらかったんやわ」

「お前の腰が痛いのと、わしの足が痛むのと、いっぺん代わってやろうか。え？　おい」

「はい、むけましたよ」

婆さんは、痰《たん》のからんだ塩辛声でどなり散らす吉田老の枕元に、皿の上で手早く六つほどに割った梨を置いた。

涼しい香りが病室に立ち込める。

果物の好きな西浦の爺さんが、枕からひょいと顔を上げて一べつすると、寝返りをうってふとんを頭からかぶってしまった。

吉田老は皿の上の梨をにらんでいたが、すぐにまたどなり始めた。

「お前、これをわしにどうやって食えというんだ」

「はい？　何ですの」

「手でつかんで食えというのか。突き匙《さじ》はどうした」

「ああ、フォークですか。あんた、〝突き匙〟やなんて、いまどきの言葉でない。若い人が笑いますよ。ねえ」

婆さんは、おれの方を向いて笑ってみせた。

おれは、それまでうつむいていたその人の顔を、初めて正面から見た。それは妙にゆがんだ笑いだった。

「ほんとにこの人は声ばっかり大きくて、ご迷惑でしょう。わがままな年寄りで、きたならしくって。ごめんなさいねえ」

「とんでもないです」

「ひとつ召し上がりませんか、梨」

「あ、いやけっこうです。ありがとうございます」

「八十二になるんですよ。足の先の血管が詰まってくる病気でねえ。夜中もうんうん言ってうるさいでしょう」

「いえ」

「あちらの西浦のお爺ちゃんなんか、もう九十四になるんですけど、足以外は丈夫で。それも歩行器で一生懸命リハビリなすって。この人なんかひとまわりも若いのにねえ」

「はあ」

「最悪の場合、足首から切らないといけないらしいんですよ」

横で吉田老が目に見えていらだってくるのがわかった。

「つまらんことをぐだぐだぬかすなっ」

「また、そんなおっきな声を。一人部屋じゃないんですから」

「突き匙はどうした、突き匙はっ！」

「あらあら、そうでしたね」

「お前の耳は、むこうへ抜けとるのか。聞いたはしから忘れよって」

「はいはい。このテーブルの下にスプーンといっしょに入れといたんだけど。ほんとに、フォークひとつ自分では出せないんだから」

「なにをっ」

婆さんはかまわず、またおれの方を見ると、秘密を分けあった仲間に対するように、親しげに笑いかけた。

「すみませんねえ。うるさい、きたない年寄りで……」

テーブルの下の棚から、やっと「突き匙」が出てきたときには、吉田老は怒り過ぎたのか、いささかぐったりとしていた。姿勢をしゃんと正さず、半分起きた状態で果物を口に運ぶために、喉仏《のどぼとけ》から鎖骨《さこつ》のあたりに果汁がぼたぼたこぼれ落ちる。婆さんはそれを見て、またしきりに〝きたない〟〝きたない〟と繰り返すのだった。

最初のうち、おれはこの老夫婦の会話をほほえましく聞いていたのだ。昔ながらの封建的だが駄々っ子のような亭主と忍従型の老妻とのやりとりとして。

誤算だった。

婆さんの顔は、押さえきれない喜びに輝いていた。

婆さんは、いまやじっくりと復讐を楽しんでいるのだった。愚鈍を装《よそお》って、傲慢な夫の神経に、一本一本細い針を突き立てている。ののしられ、婢《はしため》あつかいされ続けたこの半世紀の間、婆さんはじっとこの日を待ち続けて耐えてきたのだろう。いまや、吉田老に残された武器は、どなり慣れた口だけだ。それも所詮《しょせん》は空砲だ。婆さんはいま、案山子《かかし》の正体を知ったカラスになって、じわじわと一本足の吉田老に近づいていくのだった。

〈十〉

今日は、朝一番に血を抜かれただけで、後はこれといった検査はないようだった。昼食をきれいにたいらげた後、おれは横になって足を頭より高く上げて寝た。食事の後、三十分から一時間横になれというのは赤河の指示だ。食後は胃のまわりに血液が集まるので、残りの血液をなるべく肝臓の方へまわすためらしい。足を頭より高く上げるということは、ものの本で読んだ。そうすると、通常は足の方にまわるはずの血液が腹部に下がってくるという。

これではまるで、ウィスキーのボトルを立てたり横に倒したり逆さにしたりするのと同じことではないか。人間の体は一見精妙そうに見えて変なところで単純だ。かといって簡単な機械論では逆立ちしても説明できない幽玄《ゆうげん》な構造を持っている。人間の肝臓ひとつぶんの働きを、現代科学の機械でまかなおうとすると、フラットに並べて東京都ひとつぶんの面積がいるそうだ。そんなものをおれは十年がかりでネジひとつ、ボルト一個ずつ緩《ゆる》めて一生懸命壊していたわけだ。

横になっていると、活字が恋しくなってきた。入院以来初めてのことだ。何もかもがだるくて憂鬱で、とても文字を追う気になれなかったのだ。食事と点滴で、少しずつ力がもどってきているのだろうか。

さやかの持ってきてくれた雑誌を何冊か拾い読みする。

「ジアゼパム」という単語が目に飛び込んできた。「月刊Ａｓａｈｉ」の九月号（一九九〇年）だ。「エルヴィス・プレスリー自殺の真相」か。アメリカの「ライフ」誌からの転載だ。筆者は一九八一年に『エルヴィス』という暴露調の伝記を出した、アルバート・ゴールドマンという音楽評論家だ。自著で、エルヴィスの死因について、過失による薬物過剰摂取がひき起こした心不全、と書いたことを、この記事で「撤回」している。エルヴィスの死は明らかに意図的な自殺だったというのだ。

読んでみると、これはまさに向精神薬の博物誌だ。

エルヴィスの遺体からは、検死によって次の薬物が確認された（括弧内は商品名だ）。

・コデイン＝中毒症状を起こす量の十倍

・モルヒネ

・メタカロン（クエールード）
・ジアゼパム（バリアム、セルシン）
・ジアゼパムの変質物
・エチナメート（バルミード）
・エスクロルビノール（プラシダイル）
・アモバルビタール（アミタール）
・ペントバルビタール（ネンブタール、カーブリタール）
・メペリジン（デメロール）
・フェニルトロキサミン＝鬱血除去剤（サイネタブ）

このほかにエラビルとアベンタイルという抗鬱剤も検知された。このことから、プレスリーは明らかに鬱状態にあったとみられる。

彼の死後、毒物関連の報告をまとめた病理学者ワイズマン博士によると、一人の人間の体からこれほど多種の薬物が発見されたことは前例がないそうだ。

これらの薬のうち、ネンブタール、アミタール、カーブリタール、などはバルビツール系の鎮痛剤。バルミードは催眠薬。コデインは咳止めシロップにはいっていて日本でも問題になった麻薬だ。エルヴィスの体中で検知されたモルヒネは、致死量以上に摂取したコデインが体内で変質したものらしい。

デメロールはやはりモルヒネの代替薬である。

エルヴィスは、晩年、一日のうち八時間くらいはシラフだったが、それ以外の時間はずっとラリっていた。四十二歳で亡くなるまでの二年半の間に、彼は自分の主治医からだけでも一万九千包の麻酔薬、興奮剤、鎮静剤、抗鬱剤を処方してもらっていた。それだけではなく、彼は手にはいる限りの手段を使って、全国の医者、薬局から薬を入手していたのだ。

こうして集めた薬を、彼は一日三回にわけて服用していた。一回分の薬はそれぞれ黄色い封筒に仕分けられている。その封筒の中には十一種の異なる錠剤やカプセル、それに三本のデメロール用使い捨て注射器がはいっている。ガードマンの付き添いに、

「一発目をくれ」

といって最初の黄封筒を持ってこさせ、水で錠剤を飲み、デメロールは付き添いに注射させる。

「二発目」以降、エルヴィスは完全にラリっていて、もはや自分で薬を飲むことも、しゃべることも、歩くこともできない。付き添いのシャツをひっぱって、〝二発目を

くれ〟の意思表示をし、一錠ずつ飲ませてもらうのである。トイレに行くにもかついでいってもらわねばならない。この頃、彼の体重は百十二・五キロあった。一部には「ドーナツ中毒」などと書かれていたから、ラリりながらも食べることは食べていたのだろう。むしろ、抑制がきかずに底なしに高カロリー食を詰め込んでいたにちがいない。

ともあれ、そういう状態で三発目をすませた後、エルヴィスは昼過ぎまで眠る。起きたときには、もちろんもうろうとした状態だ。付き添いに、コカインを染み込ませた綿棒を鼻に入れてもらい、デキセドリンを飲んでなんとか意識を回復する。

こうして前後不覚になるまでラリるのは、彼自身の言によればこういう理由だった。

「みじめな状態でいるよりは、意識を失っていたほうがマシだからね」

これだけのラリ中だったエルヴィスは、薬物の致死量や副作用については熟知していた。

最後の夜の摂取量は、致死量をはるかに越えた、とんでもないものだった。覚悟の死だったのである。

死の二日前、エルヴィスは異母兄弟のデイビッド・スタンレーを抱きしめて、こう言っている。

「もう君に会うことはあるまい。次に再会するときは、もっといい、高い場所だろう。君には世話になって感謝している」

くだらない。

くだらない人生、くだらない人間。

おれはもちろんプレスリーと同類の人間だ。だからシンパシィを抱けないのかもしれない。くだらない人間はくだらない同類を憎むものだ。

我々はむしろ健常な人間の中で一人病んでいる方が、まだ気が楽なのだ。たとえばこのプレスリーの記事を読むと、おれは鏡の部屋の中で自分のよどんだ顔つきを見ているような気分になってくる。

なによりもこの記事に嫌悪を覚えるのは、読者の涙を誘うために、作者がプレスリーを何とか人間っぽくでっち上げようとしているところだ。悪妻と悪徳マネージャーとファンとマスコミとに限りなく簒奪《さんだつ》された孤独なヒーロー。なんという月並みな視線だろう。

「みじめな状態でいるよりは意識を失っていたほうがマシ」

……か。

みじめな人間がすべてジャンキーになるのだったら、世界中にシラフの人間は一人もいなくなるだろう。同じ苦痛を引き受けて生きていても、中毒になる人間とならない人間がいる。幸か不幸か、なにかの依存症になってしまった人間が、一番言うべきでないのが、プレスリーの台詞《せりふ》なのではないか。中毒におちいった原因を自分の中で分析するのはけっこうだが、〝みじめだから中毒になりました〟というのを他人《ひと》さまに泣き言のように言ったって、それは通らない。それでは、みじめでなおかつ中毒にならない人に申し訳がたたない。〝私のことをわかってくれ〟という権利など、この世の誰にもないのだ。

おれは自分が中毒者であるだけに、プレスリーに同情はしない。もちろん、自分に対しても同情やあわれみを持たない。さやかがおれに言ったように、〝勝手に死ねばいい〟のである。

同じジャンキーでも、湿けた甘えを自分から叩き出した人間には、さらさらした砂のような、あるいは白く輝く骨のような美しさがある。地上の肉を脱ぎ捨てた美しさ。たとえばウィリアム・バロウズがそうだ。

バロウズは四十代までの十五年間、麻薬に浸りきった生活を送っていた。その期間に書いた名作『裸のランチ』などは、書いたことさえ覚えていないと告白している。

彼は、ジャンキー時代に自分の妻を誤って射殺している。夫妻でラリっていて、ドラッグがもたらす万能感の中で「ウィリアム・テルごっこ」をやったのだ。妻の頭の上にリンゴをのせ、それをバロウズはライフルで射った。弾丸は妻の胸に命中した。

バロウズは、アメリカでも屈指《くっし》の名家の出身だが、そうしてドラッグに関わる中で、失うべきものはすべて失った人間だと言っていい。それでも彼はプレスリーのような泣き言は一度として述べていない。どうして麻薬を常用するのか、という問いに対してバロウズは、

「それは、麻薬以外のことに強い動機を持たないようにするためだ」

もしくは、

「朝起きて、ヒゲを剃り、朝食を摂るためにそれが必要だからだ」

あるいは、

「麻薬はひとつの生き方だからだ」

と答えている。

バロウズはとどのつまり、「麻薬という生き方」と訣別《けつべつ》し、四十代以降は中毒から立ち直っている。一九六〇年に「エヴァーグリーン・レビュー」誌上で発表された文

章、「剝離、ある病気に関する証言」を、おれはかつて連続飲酒のまっただ中で、反吐《へど》をつきながら読んだ。その乾いて美しい文章は、おれの胸を突き刺した。貫いた刃には「もどり」がついていて、まだ胸から抜けない。

『(前略) 私は十五年間常用者《アディクト》だった。ここで常用者というのはジャンク (これは阿片《アヘン》やデメロールからパルフィームにいたる合成化学薬品をすべて含む派生物を示す属名だが) の常用者を指している。ジャンクという語を私は多くの形のもの、すなわちモルヒネ、ヘロイン、ディローディット、ユーコダル、パンタポン、ディオコディッド、ディオセーン、阿片、デメロール、ドロフィーネ、パルフィームを指して使ってきていた。私はジャンクを喫い、食べ、また血管、皮膚、筋肉に注射してきたし、坐薬として肛門に挿入してきた。注射といってもそれほどオーバーに受け取ることはない。嗅ごうが、喫おうが、食べようが、尻の穴に突っ込もうが結果は似たりよったりで、中毒になる。(略) 私は当時タンジールの原地人居住区内のアパートのワンルームで暮らしていて、一年間風呂に入らず着替えもせず、中毒の末期症状を呈している繊維質《せんいしつ》の木肌のような肉に一時間ごとに針を突き刺すときのほか、身につけた衣服を脱いだことさえなかったのである。室内の整理はおろか、ほこりをぬぐったこともなかった。からのアンプル箱やごみ屑が天井まで積み上げられていた。光熱費を払わなかったために電気も水道もとうのむかしに止められていた。私は何ひとつしようとせず、ただひたすら靴のつま先を八時間ながめることしかできなかった。行動を起こすといえば、一時間ごとにジャンクの砂時計の砂が流れ尽きたときだけだった。友人が訪《おとず》れてきて——訪れそうな者はこの地には残っていなかったのでほとんど訪れてくることはなかったが——私の視野に入ってきてもぼんやりと坐っているだけで、灰色のスクリーンはいつも空白でかすみ、彼が去っても気にはならなかった。彼がよしんばその場で息を引き取っても彼のポケットをまさぐる機会を待って靴のつま先に視線を向けたまま坐っていただろう。あなたもそうするのではなかろうか？ なぜかといえば私はジャンクを充分持っていなかったからだ——誰だってそうなのだ。(略)

ジャンキーは「寒さ」——彼はそう呼んでいるが——がどうのこうのといつもぶつくさつぶやき、黒いコートの襟《えり》を立て、しぼんだ首根っこをぐいとつかむ……まさにこれがジャンクのどうしようもない状況だ。ジャンキーは体を温めたいとは思わない。「寒い、より寒い状態」を欲する——なんらいいことのない外部にではなく、内部に求めるのだ。背骨を水圧ジャッキのようにして無為《むい》に時を過ごす……彼の新陳代謝器官は絶対零度に近づく。末期の常用者は往々にして二ケ月間糞便をたれることなく、腸全体はまったく固着したまま……そうだろう？ だから例えばリンゴの芯抜器を使うとか外科手術を行なわねば……。こういうのが「アイスハウス」での暮らしの有り様なのだ。なぜうろついて時間を浪費する？
もう一人中に入れますよ、と悪魔は囁《ささや》く。（略）私はそんなテントの中に十五年いて、出て来た。入ったり、出たり、入ったり、出たりと、そして出て来た。終わって出て来たのだ。（略）
世界のドラッグ常用者よ、団結せよ。われわれには、われわれの売人しか失うものはない。売人は不必要なのだ。
あなたがジャンクの道へ行き、よからぬ組織犯罪集団と交わる前にジャンクの道をじっくりと見下せ。見下すんだ……（略）』
（「ｉｍａｇｏ」七号、飯田隆昭訳）

政府が百万回麻薬撲滅キャンペーンのテレビスポットを流すより、おれにはこの一文のほうが骨にこたえる。なぜなら、たとえばアメリカという国は、ドラッグとアルコールで背骨がひん曲っているけれど、ホワイトハウスそのものが中毒にかかっているわけではない。中毒者でないものが薬物に関して発言するとき、それは「モラル」の領域を踏み越えることができない。
バロウズが薬物について語るとき、それはもちろんモラルの気配を帯びておらず、ただただ「生きる意志」についての話になる。

バロウズはいまや七十六歳の老人だが（よくこれだけ長生きできたものだ）、最近のアメリカでは何人かの人間がアルコールとドラッグの海から生還している。デビッド・クロスビー、デニス・ホッパー、アリス・クーパーなどだ。ただ、これはきわめて低い生還率で、六〇年代からのアート界を見れば、そこは一面に広がった墓地のようだ。

アルコールに関してもドラッグに関しても個人の生き死にのレベルを越えると、問題はむずかしくなってくる。国家が干渉してくるからだ。

刑法による規制罰則については、カーター元大統領が粋《いき》なことを言っている。

「ドラッグに対する罰則は、使用者個人がドラッグによってこうむる肉体的精神的被害を越えるものであってはならない」

つまり、規制はしないが、そのかわり中毒になって死んでも、それは自分の責任ですよ、ということだ。アメリカはその後レーガン以降、百八十度態度を変えて硬化している。コロンビアとのコカイン紛争もその硬化した規制が背景になっている。

カーターの言っていることはまっとうだ。

ただ一方でこういうことがある。イギリスのギャング、売人《プッシャー》たちは、需要拡大のために「小学生」のマーケットを開拓している。学校帰りの子供たちに、「おもしろいおじさん」がまとわりついて、「ハッピーパウダー」なるものを売りつけるのである。中身はもちろん、ヘロインやコカインだ。最初の二、三回はタダで味見をさせて、それ以降は金を持ってこさせる。

こういう状況に対して、カーターは楽天的すぎると言っていい。だから唯一の解決策は、ドラッグを政府が専売にすることである。おれは何も冗談を言っているのではない。

アメリカはいざしらず、日本の政府にはその「資格」がある。ガンの元凶である煙草を専売し、公営ギャンブルでテラ銭をかせぎ、酒税で肥え太ってきた立派な「前科」があるからだ。ギャングにドラッグの利権を渡すくらいなら国が汚名をかぶって管理すればいい。そしてその利益の何十分の一かを、中毒者たちの療養に還元すべきだ。日本の政府には、ドラッグ常用者を逮捕する資格はない。アル中を量産している形而下的主犯は政府なのだ。犯罪者に犯罪者を逮捕する資格はない。

日本におけるアルコールの状況は気狂い沙汰だ。十一時以降は使えないが、街中にあらゆる酒の自動販売機が設置されている。テレビ局にとって、ウィスキー、ビール、焼酎、清酒の広告宣伝費は巨大な収入源だし、酒税は年間二兆円にものぼる税金収入だ。つまりは、公も民も情報も、一丸となって「飲めや飲めや」と暗示をかけているのだ。日本のアル中が二二〇万人程度ですんでいるのは奇跡だといってもいい。日本人にはアルコール分解酵素を持たない、まったくの下戸が多いということもストッパーになっているのだろうが、アル中はこれからもっと増えるというのがおれの確信だ。

小学生にドラッグマーケットを拡大するのと同じで、酒のメーカーは女性層をつきまわっている。いま、女性のキッチンドリンカーはアル中全体の五〜七パーセント程度だが、将来的には必ずふたケタ台にのるだろう。

女性は男よりも肝臓のつくりがもろい。肝硬変になる飲酒年数も、男が十五年とすれば女性は十〜十二年くらいである。

女性がアル中になる年数も短いというのは、飲み方に原因がある。主婦の飲み方は、おれの飲み方と同じタイプが多い。うまいから飲むのではなく、憂《う》さを忘れるために飲むという薬理的飲酒だ。

さらに男にはある程度文化的な耐性があるが、女にはそれがない。台所で一人、計量カップで流し込む酒に、制止や歯止めという文化はない。酒に対する膨大な情報を身にまとっていてさえ、おれはアル中になったのだ。それなしでアルコールと対峙《たいじ》して勝てるほどに、人間は強くも賢くもない。

アルコールとドラッグは、日本が経験しなくてはならない通過儀礼なのかもしれない。一度死の手前まで行ってみなければ抗体もできない。

しかしこの通過儀礼のむこうに、生があるのか死があるのか、誰にもわからない。先に嵐の中へ突っ込んでしまったアメリカが、いま、もがいている最中なのだ。

NIADA（アメリカの、アルコール中毒薬物中毒に対する国営施設）の八七年の発表では、全米のアル中数は一六〇〇万人だ。

アメリカのアル中国家委員会の発表によると、同じ年、アルコールに関連した死亡、つまり肝硬変、自動車事故、自殺、溺死《できし》、その他を合わせた総数は九万八〇〇〇人である。年間の薬物死が約三万人、不法薬物死が四二〇〇人だから、ドラッグとアルコールの「悪魔度」の違いは歴然としている。ヘロインによる死亡は一四〇〇人、コカインのそれは八〇〇人に過ぎない。ついでに言うと、タバコによる癌死は、三二万人である。

タバコ、酒に比べれば、ヘロインもコカインも物の数ではないと言える。ましてや、常習性のないマリファナやハッシシなど子供のキャンディみたいな存在でしかない。

おそらくは百年たってから今の日本の法律や現状を研究する人は、理不尽さに首をひねるにちがいない。タバコや酒を巨大メディアをあげて広告する一方で、マリファナを禁じて、年間大量の人間を犯罪者に仕立てている。昔のヨーロッパではコーヒーを禁制にして、違反者をギロチンにかけた奴がいたが、それに似たナンセンスだ。まあ、いつの時代でも国家や権力のやることはデタラメだ。

規制があるにせよないにせよ、日本はほどなくアルコールとドラッグの洗礼を受ける。なぜなら、これからの日本では物と金のかわりに「時間」が与えられるからだ。アメリカやイギリスでは、アル中やラリ中の増加は失業率と結びついている。税金が高い分、国の保障が行き届いていて、たとえばアメリカでは生活保護者に対して、毎月三二七ドルが住居、衣服費として支払われる。食券が月一三三ドル。自動車の登録費三三ドル、保険料年間約五〇〇ドルも州が払ってくれる。アパートや民間宿泊施設の保証金も初回は州払いだ。

衣食住費用が月四六〇ドル入ると、年間五五二〇ドルになる。アメリカの四人家族の貧困ラインが年収一万一〇〇〇ドルくらいだ。とすると、生活保護を受ける人間がカップルでいればこのラインは保障される。あえて働かなくても食っていけるし、アルバイトをすれば小づかいになる。一日中飲んで暮らす人間も増えるわけだ。

アル中の要因は、あり余る「時間」だ。国の保障が行き届いていることがかえって皮肉な結果をもたらしていることになる。日本でもコンピュータの導入などによって労働時間は大きく短縮されてくる。平均寿命の伸びと停年の落差も膨大な「空白の時間」を生む。

「教養」のない人間には酒を飲むことくらいしか残されていない。「教養」とは学歴のことではなく、「一人で時間をつぶせる技術」のことでもある。

要因は完璧なまでにそろっている。

あとは日本人が、この盃を受けて飲みほすかどうかである。おれは飲んだ。麻薬を選ばなかったのは、つまりエチルアルコールが、一番手にはいりやすい合法《リーガル》ドラッグだったからに過ぎない。薬理作用のあるものをドラッグと呼ぶならば、エチルアルコールは完璧にドラッグだ。それもメンタルな要素に関わらず、一定以上の量を服用すれば誰でも確実に〝効く〟かなり強烈なドラッグなのだ。

いわゆるケミカルドラッグの場合、まず身体依存性ということを考えなければならない。マリファナには身体依存はないが、ヘロインの系統は、あっという間に中毒になる。アルコールは十年以上かかって身体依存が出てくる（精神依存は特定できないが、これよりはるかに早いだろう）。

次に、耐性と致死量の問題がある。

薬というものは結局は毒であり、異物だから摂取するに従って、どんどん体の方が耐性、抵抗力をつけていく。量を増やしていかないと効かなくなるのだ。たとえば、バロウズの場合、初めて射ったモルヒネは〇・五グレーン（〇・〇三二グラム）だった。タンジールにいたころの中毒末期のバロウズは、実にその百二十倍、六〇グレーンのモルヒネを一日に注入している。耐性が増して、それだけ射っても死ななかったわけだ。

ところが、人間が確実に死ぬ致死量がそれぞれの薬物にはある。中毒者は、耐性が増していくにつれて使用量を増やしていく。ある時点でこの漸増《ぜんぞう》する服用量の線と致死量の線が交叉する。効く量が致死量をオーバーしてしまうのだ。

多くのヘロイン死やコカイン死はこのようにして訪れる。プレスリーのように多種の薬の総量が致死量を越えることもある。

アルコールの場合、この耐性にも限度がある。

初回一合しか飲めなかった人間が、耐性が増して一二〇合、つまり一斗二升も飲めるようになる、などということは相撲取りでもあり得ないだろう。

急性アルコール中毒の場合、血中アルコール濃度〇・五～〇・八パーセントで九〇パーセント以上が死亡するが、それにしても個人差や体調、まわりの環境や飲む速度などが大きく影響して、よほどの一気飲みでもしないと、そう簡単には死ねない。ドラッグとしてのアルコールは、十年単位のスケールで見ると、むしろヘロインより壊滅的かもしれないが、短いタイムスパンに限ると、他のドラッグよりは比較的安全ではあるのだ。

とにもかくにも、おれは酩酊《めいてい》の手段としてアルコールを選んだ。日本に生まれて、それが一番法的に安全で廉価《れんか》なドラッグだったからだ。もしインドに生まれていれば、酒を恐れて、ガンジャ（大麻）を楽しんでいただろう。半世紀前の中国に生まれていればまちがいなく阿片窟に入りびたっていただろうし、南米に生を受けたならコカの葉を嚙んでいたろう。インディアンならペヨーテ、サンペドロ（幻覚サボテン）を食べ、マヤの民ならキノコやヤヘー（イエージ・幻覚性の蔓《つる》植物）、中東人ならカートの葉をしがんでいたろう。

要はそういうことなのだ。腐ったお上に捕まるのなぞまっぴらごめんだ。

〈十一〉

病院にはいってからめっきりタバコの本数が減った。以前はロングピースを一日五十本は吸っていたのだ。アルコールを内燃機関にしてモクモク煙を吐く人間ディーゼル車といったところだ。

いちいち喫煙室に行くのが手間で、十本くらいに減った。体に悪いものに関しては、規制をしないかわりに手続きをややこしくするのも手かもしれない。おれのような不精者《ぶしょうもの》もけっこういるだろうからだ。ウイスキーを一本買うのに免許の書き換えくらいの手間がその都度《つど》いるのだったら、おれはアル中になっていなかったかもしれない。連帯保証人のハンコと戸籍抄本のコピーと、アル中でないという医者の証明書と、三センチ×二センチの本人の写真と、運転免許証と飲酒中は車にのりませんという誓約書と、まあそれくらいの書類を添えて「酒類購入許可申請書」を書き、実印を押して区役所に提出する。となると印鑑証明書もいるな。で、三日後に申請許可書をもう一度もらいに行く。もちろん区役所でウィスキーを売ってくれるわけではない。酒屋まで歩いていって買うのである。

酒屋は一切配達してくれない上に、一枚の許可書で買えるのはウィスキーなら七二〇mlボトルが一本、清酒なら一升壜一本、ビールなら大壜十本までである。ビールの好きな奴は七キロのケースをかかえて、とぼとぼと帰らねばならない。

そういう事態になったら、おれはまず一日一本なんて飲み方はしなかっただろう。

喫煙所でバカなことを考えていると、福来がはいってきた。

「すまんが、タバコ一本めぐんでくれんかね」

福来はおれのタバコをおおげさな身振りでありがたがって抜きとると、ゆらりと吸いつけた。

「兄さん、肝臓だったよね」

何回同じことを言わせるんだ。

「肝生検はもうやったかね」

「いえ。はいってまだ三日目ですからね。体力がもっと回復してからってことらしいですね」

「ああ、そう。まだ三日目かね」

「禁断症状がおさまったとこくらいですから」

「派手な奴が出たかね」

「いえ。ふるえと悪寒と冷や汗くらいで」

「たいしたことないな。私はもう三回目、運ばれるの。腹水《ふくすい》がたまってね。カエルの腹みたいんなって」

「ええ、この前お聞きしました」

「禁断症状もな。赤河が意地悪して、いい薬をくれんのだよ」

「まさか、そんなことはないでしょう」

「ちょこっと注射うつだけだからな。あいつは私のこと嫌ってるからね。もう、目でわかるよ、それは」

「そうですかね」

「人があんた、幻覚見て脂汗たらして苦しんでるのにな」

「幻覚が見えましたか」

「切れるといっつもよ。ちっちゃいリスみたいな奴がな、肩のとこに乗っててな。それが腹の中へはいりこんで体中走りまわりよる。かゆいのなんのってな」

「たいへんですねえ」

「部屋の中にクモの子のかたまりがおって、ゆらゆら動いとったりな。私がそういうもの見て暴れるもんやで、しまいに女房も愛想つかして、私の酒に毒入れるようになりよった」

「まさか」

「いや、あんた、口もとに持っていったらな、ぷうんと農薬の匂いがしよるで、すぐわかるよ。おまえ、この毒入りの酒が飲めるか、言うたら、千恵子の奴、その一升壜持ってラッパ飲みしてみせよったが、ずるがしこい女だよ。酒に毒入れずに、私の湯呑みに塗っとるのだな、あれは」

「それも幻覚じゃないんですか。依存症者はよくそういう被害妄想の幻覚見るっていいますよ」

「そりゃ、そうかもしれんが。なぁに、何をされとるか知れたこっちゃないで。ま、もうすんだ話だからな。千恵子が出ていってせいせいしたよ、こっちは。保険で毎日一万円はいるしな。病院におりゃあ、看護婦がみんな女房みたいなもんだ。へへ。アレさせよらんだけでな」

おれは話題をかえようとした。

「福来さんは、肝生検ってなさったんですか」

「ああ、やったよ。あんた、まだだってな。痛いぞう、あれは」

「そうですか」

「腹にパイプ突き刺してな、ポンプで空気送るんだ。腹ふくらませて、穴からスコープ入れたり、肝臓突き刺して組織取ったりするんだ。ほら、昔、カエルの尻にストロー突っ込んでぷうっとふくらませたりして遊んだろ。あんな感じに腹がふくれてな。いつパァンと破裂するか、知れたもんでない。気色《きしょく》わるいし、痛いしな。そうか、あれをまだやってないかあ」

おれはむかむかしてきた。ちょうど短くなっていたタバコをもみ消すと、目礼して部屋を出た。

窓の外がいい陽ざしなので、気分を変えに病棟の屋上に出てみることにした。屋上に出てみるのは初めてだったが、けっこう広いその一画に、入院患者が何人か上がっていて、フトンやシーツを干している。

ベンチがしつらえてあって、そこで綾瀬少年が本を読んでいた。

「よう。けっこう見晴らしがいいね、ここは」

「あ、はい」

少年は席をずらせておれのためにベンチのスペースを空けた。

「何を読んでるの」

綾瀬少年は、しっかりした装幀のかなり分厚い本を膝に置いていた。

「あ、これですか。詩を読んでたんです」

「誰の」

「あまり有名な人じゃないんで。フーゴー・バルって人です」

「フーゴー・バルっていうと、チューリッヒ・ダダの作家だな」

「え？」

少年の目がコンパスで引いたくらいまん丸に見開かれた。

「小島さん、知ってるんですか。フーゴー・バルを知ってる人なんかに会ったのは初めてだ」

「君こそ、若いくせに変わってるじゃないか。おれくらいの年代だと、ダダとかシュールリアリズムは出版界のブームだったから。それにダダの頃の人間はスキャンダラスでおもしろいからね。ブルトンとかトリスタン・ツァラとか、前衛の作家がキャバレーで殴り合いばっかりやってる」

「そうですね」

「君はどうしてそんなもの読んでるんだい」

「ぼくは、芝居が好きで。特にラジカルガジベリビンバ・システムとかが好きなんです」

「いとうせいこうとか大竹まことなんかがやってる奴だ」

「ええ。あの〝ガジベリビンバ〟っていうのが、フーゴー・バルの詩から取られたってこと、なにかで読んで。それで読んでるんですけど、だめだ、手に負えないんです」

「どんな詩なんだい」

「意味なんてないんですよ。音響だけの詩なんです」

「読んでみてよ」

「はい。ガジ　ベリ　ビムバ　グランディリラウラ　ロンニ　カドリ　ガジャマ　グラムマ　ベリダ　ビムバラ　グランドリ　ガラサッサ　ラウリタロミニ……。もういいですか」

「ふむ」

「ね？」

「なかなか、いいこと言ってるじゃないか、フーゴー・バルは」

綾瀬少年がぷっと吹き出した。病室で見るけだるそうな表情とは全然ちがう、生気で輝いた笑い顔だった。

「芝居をやりたいの？」

「やりたいです。それも人が怒り出すくらい馬鹿馬鹿しいのが。でもね、ぼく、〝病気の博覧会〟だから、とても役者にはなれないです」

「体が弱いの？」

「だって、いま十七だけど、まだ中学生なんですよ。ぼく」

「病気で遅れたんだ」

「そう。ちっちゃいときは喘息《ぜんそく》で、それから胆石《たんせき》でしょ、胃かいようでしょ、脳腫瘍《のうしゅよう》でしょ、肺浸潤《はいしんじゅん》でしょ、自律神経失調症でしょ。それで今回は腎臓でしょ」

「そりゃ、誰かに表彰してもらわないといけないな。未熟児か何かだったのかい？」

「よくわからないんですよ。ホルモンバランスだっていう医者から、霊の祟《たた》りだっていうおばさんまで、てんでに勝手なこと言うから」

「…………」

「だから、なるべく何になりたいなんて言わないようにしてるんです」

「それは変だろう。体が弱いから何かになれるってこともある。たとえば、そのダダの本を読んでいけばそのうちに出てくるが、アントナン・アルトーなんて人は君と同じで病気の博覧会みたいな人だったけど、神話的な演劇人になってる」

「でもね、ぼくがあんまり何かになりたいなりたいって言い続けて、それで途中でもし死んじゃったら、残った人たちが余計に悲しむでしょ。あんなになりたがってたのになれずに死んじゃったって」

少年は、にこにこしながらそう言った。

「ウーン。どうかな。君の年の人間の考えることじゃないけどな、それは」

「小島さんは、お酒の飲み過ぎで体をこわしたんですか」

「そうだよ」

「どんな感じですか、酔っ払うって」

「くそ。つらいことを聞くなあ。……いい気持ちだよ。酔っ払うと、とてもいい気持ちだよ」

「へえ。やっぱりそうなのか」

屋上なんかに出てこなければよかった。

喫煙所の煙の中で、福来といがみ合っているのがおれには相応だったのだ。

「クソをしてくるよ」

おれは極力ぶっきらぼうに告げると、なんとかその場を逃げ出した。少年はすこしきょとんとしていたが、それでも退散するおれに親しげに手を振ってくれた。

　下りついでにエレベーターで一階まで降りて、売店に行く。タバコとチーズとウィンナソーセージを買う。

　この病院の朝食は、生の食パンが二枚と牛乳が一本、ジャム、果物、それだけだ。おれはコーンビーフなり、ゆで玉子なり、動物質で塩味のある副食が欲しかった。恢復しつつある体が、どうやらそれを求めているようなのだ。

　売店では、壜入りのコーヒー牛乳を売っていた。何気なくそれも買い求め、店先で紙ブタを押しはずして口に含む。

「コーヒー牛乳！」

　なつかしい味だ。いやらしいほど甘くて安物の味がする。アルコールにひたっていた十七年間、一度も思い出したことのない味だ。

　目をつむってコーヒー牛乳を味わっていると、耳もとほんの五センチくらいのところで女の声がした。

「お似合いよ、社長さん」

　天童寺さやかの小さな顎《あご》がおれの肩口にのっかっていた。

「ざまぁないわね。おいしいのかどうかしらないけど、目をつむってうんうんうなずかないでほしいわ。お願い」

「小学生のときに、給食のおばさんがおれに嘘を教えたんだ。白い牛は白いミルクを出す。黒牛はコーヒーを出す。まだらの牛が出すのがコーヒー牛乳だってな。じゃ、フルーツ牛乳はどんな牛が出してるんだ」

「どこへ行ってたんです？　この一階も、病室も喫煙室も探したのよ」

「屋上で、同室の綾瀬くんって美少年とデートしてたんだ」

「あ。あの子かわいいわね」

「ダダの本を読んでた。いい子だったぞ」

「小島さんみたいな煤《すす》けた中年男から見れば、〃族のアタマ〃だっていい子にはちがいないわよ」

「そんなのじゃない。歌に詠《よ》みたくなるような。〃憧《あこが》れは哀しからずや病窓に　果実に飽きしみどりごのあり〃てなもんだ」

「誰の歌？」

「おれが作ったんだ。いま、コーヒー牛乳飲みながらね」

さやかは心の底から馬鹿にした目でおれを見た。

「結局、なんだかんだ言って、そういうぐじゃぐじゃしたものを始末できないから、いい大人のくせに中毒なんかになるのよ」

「冗談で作ったんだけど……」

「いまのあたしには冗談は通じません。どんな冗談もよ」

「昨日、きみにハンドバッグでびしびし殴られてるところを、同じ階の〝拡声器おばさん〟三人組に見られた」

「そう。じゃ、今日は土下座して謝まるところでも見せてサービスしてあげたら。牛乳壜置いてこっちへ来なさいっ」

さやかはいきなりおれの耳たぶをつまむと自分の行く先へ向けてぐいぐい引っ張った。

「いたたたっ。耳が抜けてしまう」

「お経を書き忘れたからよ」

さやかは病院のロビーのはしにある「喫茶コーナー」へおれを耳たぶごと引っ張っていった。

「コーヒーと、ストレートのミルク」

俺の注文を勝手にミルクに決めたあと、さやかはハンドバッグから一枚の紙切れを取り出し、机の上にばしっと叩きつけた。

「なんのつもりなんですか、これは」

その紙片におれは見覚えがあった。入院する前の夜、事務所で身動きできなくなったおれがさやか宛てに書いた、それは「遺書」のようなものだった。おれが死亡した場合、今後はいってくる未払いの原稿料、出る予定の本の印税、解約した事務所の返済敷金。それらすべてをさやかにゆだねる、という内容で、サインと実印が押してあった。

おれは、床の上で反吐をつきながら、汚物で紙を汚さないように注意を払ってこいつを書いたのだ。これを入れた封筒は、事務所の金庫の底の方にはさんでおいた。

「もうちょっとましな人だと思ってたわ。不二雄兄さんみたいに死んじゃわないだけ、もう少し何とかなる人かと思ってた。仕事を手伝ったのがあたしの買いかぶりだったわ。何が〝以上すべてを天童寺さやかに付与するものとする〟よ。あたし、怒る元気もないわ。こんな汚らわしい遺書のこされて。これじゃまるで、あたしが小島さんの女だったみたいじゃないの。でも、あたしは、まわりがどう思おうが、そんなことはどうでもかまわない。けど、これだけは言っとくわ。死んじまった兄貴も、もうすぐ死ぬ小島さんも、とにかく死んじゃう人のために心を使うのはあたし、おことわりよ。死んでしまう人って、とても高慢だわ」

「高慢？　死人がかい」

「あたし、兄さんのことを考えると、いつも腹が立つのよ。馬鹿にされたような気分になる。死者はいつも生き残った人間をせせら笑ってるんだわ。まだ、そんなことやってるのか、って。ご飯を食べたり、会社へ行ったり、恨んだり、怒ったり、笑ったり、傷つけ合ったり。死者から見れば、あたしたちってずいぶん頓馬《とんま》に見えるはずよ」

「そう……かな」

「立ち去っていく側は格好はいいわよ。この前、夜中のテレビで『シェーン』を見たわ。あの坊やが〝シェーン・カムバック！〟って叫んでも、シェーンは去っていくだけよね。当たり前よ。忘れものして取りに帰ってきたりしたら、ずいぶん間抜けだものの。シェーンは二度と帰ってこない。だって、映画がそこで終わりなんだもの。でも、もしカメラがずっと回り続けているのなら、あの牧場でお母さんと坊やは黙々と働き続けるのよ。毎日まいにち、木の切り株を抜いたり、麦を植えたり、牛にエサをやったり、単調な作業を続けていく。坊やは年々大きくなって、そのうちに大人になるんだろうけど、坊やの心の中で、シェーンは思い出になって生き続けている。それも年々きれいなあざやかな思い出になっていく。シェーンが格好よく立ち去ったっていうのは、あいつの卑怯《ひきょう》な手口なのよ。思い出になっちゃえば、もう傷つくことも、人から笑われるような失敗をすることもない。思い出になって、人を支配しようとしているんだわ」

「それが、死人のやり口ってわけだな」

「死者は卑怯なのよ。だからあたしは死んだ人をがっかりさせてやるの。思い出したりしてあげない。心の中から追い出して、きれいに忘れ去ってやるの」

「意地の悪い奴だ」

「どっちが意地が悪いのよ。死んでしまう人のほうがよっぽど底意地が悪いわ」

「しかし、君だっていつかは死ぬことになるんだろ？」

「どうかしら。あたしは死なないかもしれない」

「そうだといいね」

「少くとも、あたしはそのつもりよ。生きよう生きようとしてても、たとえば雷が落ちてきて死ぬかもしれない。でも、それはあたしにとっては正しい、そうあるべき死に方だから文句は言わないわ。あたしは、自分とおんなじ人たち、生きようとしてても運悪く死んでしまう人たちの中で生きたいの。生きる意志を杖にして歩いていく人たちの流れの中にいて、そんな人たちのためだけに泣いたり笑ったりしたいの。だか

ら、思い出になってまで生き続けるために、死をたぐり寄せる人たちと関わりたくな

いわ。そんな時間はないんですもの」

「…………」

「まして、死ぬつもりの人からのプレゼントなんて、まっぴらよ。小島さんが、あたしに何かを残すって言っても、あたしは小島さんのものは消しゴムひとつだって受け取らないわよ。だって、小島さんが死んだら、あたしは小島さんのこと忘れるんですもの。何か残して、それであたしの中に小島さんが生きていた痕跡を置いていこうとしたって、おあいにくさま。とにかく、この遺言状はお返ししておきますからね」

さやかは、テーブルの上の紙きれを、親指と人さし指でつくった輪っかでぱちっとはじいておれの方へスライドさせた。

「よくわかった。おれの考えが浅かった。こいつは撤回しよう」

「考えが浅いんじゃなくて、小島さんはなにも考えてないのよ」

「そう追い詰めるなよ。とどめをさす気か」

おれは紙片を細かく引き裂いて灰皿に放り込み、ライターで火をつけた。紙はよじれながらオレンジ色の炎に包まれた。

〈十二〉


天童寺の家系には、人よりはるかに赤い血が流れているのだろうか。

さやかの持っているのと同じ激しさを、兄の不二雄もその血の中に持っていた。不二雄の性格を評して、おれはよくこう言った。

「強と弱しかスイッチのない扇風機」

中間のレベルというものが不二雄にもさやかにもない。あいまいなグラデーションのようなものが一切ないのだ。切り捨てるか、熱烈に受け入れるか。愛するか無視するか。

ただ、兄妹で明らかに異なるのは、そうした激しさが向けられるベクトルだ。

さやかの示す激しさは、くっきりと正のベクトルを描いている。負の要素を彼女は認めない。

というよりむしろ敵視し、憎んでいる。

不二雄は、さやかをそのままネガフィルムにしたような男だった。

天童寺不二雄の第一印象は強烈だった。おれが初めて天童寺不二雄を見たとき、奴は公園の噴水池の中で二人の船員と殴り合いをしていたのだ。

おれは十八歳で、浪人暮らしをしていた。高校の半ばくらいから、勉強がばからしくなって、学校をさぼっては毎日繁華街をほっつき歩いていた。おれの家は、父母そろって学校の教員で、おれは小さい頃から、成績至上主義のもとに育てられてきた。十六、七になってその反動が一気に出たのだろう。おれは授業にも出ずに、街をうろうろするフーテン少年になった。

百円玉を何枚か握りしめて、フーテンの溜り場だったジャズ喫茶にいき、一杯のコーヒーで何時間もねばる。七〇年安保の直後で、夢破れた左寄りのヒッピー青年たちが、ジャズのうなる闇の中でやくたいもない時間をひねりつぶしていた。おれはそんな中ではもちろんまだ「坊や」だったが、精一杯背伸びして、年上のヒッピーたちと小むずかしい話をかわしたりしていた。

アルコールとのつきあいはまだほとんどなかった。心を酔わせてくれるものといえば、暗がりの中でたまに年上のフーテン氏がまわしてくれるハイミナール、ブロバリン、ソーマニール、といった薬物だった。当時、ジャズ喫茶のトイレの「汚物入れ」

の中を見ると、催眠薬、鎮痛剤、筋肉弛緩剤、抗鬱剤、利尿剤、精神安定剤、接着剤、ありとあらゆる薬剤の空箱が詰まっていた。闇の中で、我々はベンザリンやニブロール、オプタリドンなどをがりがり嚙み砕き、コーヒーで流し込む。ろれつのまわらない会話。ふらつく足。指先から落ちて内股を焦がすタバコの吸いさし。

その夜もそんな調子で、おれはラリっていた。そのせいか、ジーンズの尻ポケットに入れておいたはずの、虎の子の千円札がなくなっている。どこかでタバコを買って、そのまま釣り銭をもらわずにきたような、かすかな記憶がある。

電車賃がないのでは今夜は家に帰れない。野宿するよりない。

もう、その頃はフーテン生活も二、三年目にはいっていた。その年、高校を何とか卒業して、親の手前、受けた大学はふたつともみごとにすべった。受験の答案用紙に、名前しか書けなかったのだから、受かっていたら何かのまちがいだ。

名目上は「浪人」だが、実態はただのフーテンである。電車賃がなくて野宿するのも、もう慣れっこになっていた。

たいていは街のはずれにある公園のベンチで寝た。この公園には、中央に大きな噴水があった。公園で夜を過ごす浮浪者もフーテンも酔っ払いも家出少年も、なぜかこの噴水を中心に、同心円上に分散して寝るのだった。独りでは淋しいが、かといって見知らぬ浮浪者と寄り添って寝たくはない。そこで、噴水を中心にして等距離に散らばった、一晩だけのファミリーを形作るのだ。この寡黙なファミリーにとって、噴水はテレビのようなものだった。みんなが同じものを見ている安心感を与えてくれる。

そしてまた、真夏の夜には、実際に噴水が打ち水の効果を果たして、その周囲は心なしか涼しいのだった。

おれが公園に着いたのは、けっこう早い時間だった。ほろ酔い機嫌で駅のターミナルへ向かうサラリーマンたちの、延々と続く流れに逆行しておれひとりが公園へ向かっていた。

ブロバリンを少し飲み過ぎていたおれは、足がふらつくうえに気分が悪かった。早く植え込みの陰で吐いて、早々に眠ってしまうつもりだった。

ブロバリンは危険な薬で、よく自殺に使われる。ラリるためには効果があまり強くないので、耐性のついた中毒者はついつい多量に飲んでしまう。が、この薬の致死量ラインはがっちりと堅固に引かれている。中毒者は、たいしてラリらないうちにこの致死ラインを越えてしまい、けっこうあっけなく死んでしまう。

おれは、朝の公園で冷たくなっているのはごめんだから、着くなり吐いた。すっきりして、空いたベンチを探しに噴水の方へ歩いた。

噴水池の中で誰かが暴れている。

最初おれは、酔っ払いがふざけているのだと思った。が、よく見るとそれは相当気合いのはいった殴り合いだった。

腰まで伸ばした髪の毛をずぶ濡れにさせたやせっぽちの若者が、日本人とギリシア人の船員二人組を相手に乱闘しているのだった。

三人とも、足場がぬるぬるしているのか、ゆっくりとした動きだったが、ボクシングスタイルにかまえたギリシア人のパンチが、いい音をたてて若者の横っつらにはいっていた。若者はそれにかまわず、日本人の方に組みついて両腕を固め、急所めがけてしきりに膝蹴りを放っていた。なかなかうまくはいらないようだ。

おれはこの長髪青年に同族意識を覚え、助太刀《すけだち》することにした。といって、腕にあまり自信がない。その辺で手ごろな石ころを見つけて、敵の後頭部をどやしつけてやろうと、植え込みの中で石を探した。しかし、都会の公園の地面は、きれいに目のそろった砂粒ばかりで、石ころなんてどこにもなかった。

こういうときに残された手はひとつだけだ。

おれは噴水の方に向けて大声で怒鳴った。

「おーい。警官がこっちへ来るぞ〜」

効果は覿面《てきめん》だった。

日本人船員はギリシア人になにごとか早口で言うと、くらいついている若者を二人がかりで引き離し、公園の反対側の出口へ向けて一目散《いちもくさん》に走り出した。

それに一瞬遅れて、若者も噴水から飛び出した。彼は逃げる体勢を取りながら、顔だけはおれの方に向けて言った。

「おい、ほんとにポリが来るのか」

おれは笑って答えた。

「すまん。駐車場の警備員のおっさんを、警官と見まちがえた」

こうしておれは天童寺不二雄と出会った。

後でわかったが、天童寺は極端に人見知りをする人間で、同世代の人間に対してさえめったに心を開くことはなかった。彼は狂犬病のような男で、彼が人間と関わるのはたいてい嚙みつくときだった。

そんな男が、初手《しょて》からおれに胸襟《きょうきん》を開いてきたのは、出会い方が普通でなかったからだろう。おれと天童寺は、ベンチに腰かけて少し話した。天童寺は酒臭かった。

「変なところでケンカするもんだな」

「おれ、酒飲んでたしさ、あんまり暑かったんで頭にきて、あの噴水池に飛び込んだんだ」

「どんな感じだ、あの中は」

「思ってたほど気持ちよくないんだ。水がぬるくてゴミが浮いてる。ま、外よりはマシだけどな。一時間くらいはつかってたかな」

「そんなにはいってたのか」

「ああ。途中で浮浪者のおっちゃんなんかが寄ってきてさ、〝ええことしてまんな〟って、にこにこして言うんだよ。〝おっちゃんもはいれよ〟って言ったら、〝いや、私は家に風呂があるから〟って。どういう浮浪者なんだろうな」

「はは」

「その後連中が通りかかった。あいつら、おれの方をじっと見てて、ギリシア人が日本人になんかペチャクチャしゃべりかけて、それを通訳してきた。〝そんなバカなことしてないで、港に着いてる船に今から遊びにこないか。上物のハシシュを分けてやるぞ〟って言うんだ」

「うまい話だな」

「うま過ぎて涙が出るぜ。だからおれ言ってやったさ。オカマ野郎は、てめえでてめえのケツでも掘ってろって」

「英語で言ったのか」

「おれ、その手のスラングだけは異常に知ってるからな。日本人のほうがいきなり襟首つかんできやがったから、噴水の中へ引っ張り込んで、向こうズネを蹴ってやったんだ。それから後はもうメチャクチャだ」

「よくケンカするのか」

「まあな。君はしないのか」

「勝つ自信ないからな」

「勝ち負けなんか関係ない。腹が立ったまま黙ってるよりケンカ売ってやった方がいいに決まってるじゃないか。やるって決めた時点で、ともかく自分の恐怖心には勝ってるんだから。殴られても、その方が気持ちがいいだろ。なんていうか、血まみれにされてても、胸張れるじゃないか」

「けど、痛いだろう」

「ケンカしてるときは痛くないよ。興奮してるからな。アドレナリンが血の中にじゅくじゅく出てるときは、何発殴られても痛くなんかない」

「そんなもんか」

「後で痛いけどな。酒飲んで寝ちまえば、次の日にはなんとかなってるさ。そうだ。

君、酒持ってない?」

「公園で野宿しようって人間が、酒なんか持ってるわけないだろう。ブロバリンなら少しあるけど」

「あんなものやってるのか。それでろれつがちょっと怪しいんだな。酒の方が体にいいぞ」

「体にいいかな」

「一応、栄養物だからな。食い物もついてまわるし。ピーナツつまみにしてブロバリン飲むってわけにはいかないだろう」

「シャブ射ちながら冷奴《ひややっこ》食うってのも、ないよな」

「な。どっか飲みに行かないか」

「おれ、いま五十円玉一枚しか持ってないんだ」

「金持ちだな。おれはほんとに一銭も持ってないぞ」

「やっぱりここで寝るしかないよ」

「いや。おれがなんとかするよ。ついてこいよ」

公園を出てしばらく歩くと赤い公衆電話があった。その頃は今のような百円玉の使える緑色の電話はなかった。

不二雄はその赤電話に近づくと、

「君、見張りをしてくれ」

と言った。何をするのかと見ていると、不二雄は赤電話を持ち上げて逆さにし、大きく揺さぶっている。硬貨投入口から、十円玉が一枚ずつ逆流してきた。七、八枚たまったところで不二雄は電話機をもとの台に戻した。

「よし、これで電話がかけられる」

何本か電話をかけた後、不二雄は言った。

「おい。ウィスキー付きでタダの宿屋がみつかったぞ。タクシー拾ってくれ」

「タクシー？　いいのか」

「ああ」

タクシーを止めて乗り込む。後ろへ後ろへすっ飛んでいく街のネオンを見ているうちに、おれは奇妙な解放感を味わった。

金もないのにタクシーに乗っている。さっき会ったばかりの男と、これから見も知らぬ人間の家へ行って泊めてもらうことになる。

どういう目にあうのか知らないが、どうなってもいいような気がした。さし当たって、失うものは何もない。ただただ流れに身をまかせて、夜の果てのどこかへ運ばれていく。それは妙に心楽しい体験だった。

おれはひょっとして、いま、「自由」なのではないか、とそう思った。「自由」という言葉は、青臭い若者たちの手垢にまみれた、気恥かしい単語だった。ただ、おれは生まれてこのかた、自分を「自由」だと感じたことは一度もなかったのだ。「自由」というのがどんな手触《てざ》わりで、いかなる気配のものなのか、おれは知らなかった。

無賃乗車で夜のいずこかへ運び去られていく、タクシーの窓から、おれは夜の空気の中にかすかな香り、自由の香りを嗅いだような気がした。

タクシーは、市中を走り抜け、メーター千二百円くらいのところで停まった。小さな丘の中腹にあるマンションの前だった。

「君、ちょっとここで待っててくれる？」

不二雄はおれにそう言うと、足早にマンションの中に姿を消した。このままトンズラする気かもしれない。それならそれで別にかまわなかった。どうとでもなれ、と自分を冷遇する快感に、おれはまだ酔っていた。

一分ほどして、不二雄が小走りにマンションの入り口から出てきた。

「おい、君、悪いな。思ってたよりでっかい荷物だ。一人じゃちょっと無理だから手伝ってくれ。運転手さん、すいません。もう四、五分待っててください。あ、それからトランクに入れたいんでうしろ開《あ》けておいてもらえますか」

　不二雄はそれだけ言うと、おれをマンションの入り口に導いた。

「ついてこいよ」

　不二雄は、マンションのロビーを右へ折れて進んだ。突き当たりに非常口がある。そこを出ると、裏手に建ったまったく別のマンションの前に出た。

「ここの六階だ」

「タクシーは？」

「待たせとこう。どれだけ気の長い運転手か知らないけどさ」

　後で知ったが、この手口は「かご抜け」というらしい。

　六階に着くと、不二雄はその階をうろうろして部屋を探した。

「おれも初めてなんだよ。こいつのとこにくるのは」

　井げたの形に入り組んだそのフロアを歩きまわって、不二雄はやっと目的の六一六号を見つけた。

　チャイムを鳴らすと、いらいらするほどの長い間を置いてから、ドアのロックがはずれる音がした。

　ドアが開いて、二十七、八の女が顔をのぞかせる。ちりちりした黒髪を右耳の横でひとたばねにしてタオル地のガウンを着ている。すこし受け口で張りのない肌つやだが、そう器量の悪い女ではない。

「ごめんなさい。早かったのね。こんなに早いと思わなかったからお風呂はいってたのよ」

「タクシー飛ばしてきたんだ」

不二雄はおれの顔を見て、にっと笑った。

「ごめんね、夜遅くに」

「はいって」

部屋は十畳くらいのリビングで、つんと硫酸のような刺激臭がした。リビングには、巨大な木造りのテーブルが置かれ、その上に銅版や薬剤が並べられている。おれは初めて見る器材なので、珍しくて他の部屋にも顔をのぞかせてみた。残りのふたつの部屋にも刷《す》り上げた銅版画や、彩色中のものなどが所せましと並べられていた。工房らしい。人が生活している気配のようなものはみじんも感じられなかった。

「おい、君。あんまり人の家をじろじろながめるなよ」

「あら、いいのよ。見られて困るものはここには置いてないんですもの」

女は、脳天から突き抜けるような、疳高《かんだか》くて舌っ足らずなしゃべり方をした。それが、くすんだ肌の三十近いこの女に、どこか妖怪めいた感じを与えていた。

「この人はな、リトグラフの作家で、熊井よし子さんっていうんだ。これ、小島容です」

「初めまして」

「よろしくね。小島さん、あなた、玄関口のところの絵、ご覧になった？」

「いえ」

「まあ、がっかりだわ。一番目につくところに置いてあるのに」

よし子はおれを導いて、玄関口のところまで連れもどした。扉の裏側に巨大な絵が貼ってある。

「これ、ご存知？」

「生首があって、女がいて。サロメの絵ですか」

「そう。ギュスターブ・モローの描いたサロメよ。私、十八のときに絵画展でこれの本物を見たのよ。そしたら金縛りにあって動けなくなっちゃって。それから、私はありとあらゆる作家の描いたサロメの絵を集めてるの。だから私を知ってる人は、みんな私のことを〝サロメ〟って呼ぶのよ」

「はあ」

「私もその方がうれしいの。小島さんもよかったら、そう呼んでいいのよ〝サロメ〟って」

「はい」

「熊井さん」

いきなり後ろから不二雄が顔を出して、女を本名で呼んだ。

「あ、はい」

「電話で言ってたけど、酒があるんだろ？　飲んでいいかな」

「あら、ちょっとお待ちになってね。いま用意しますから」

〝サロメ〟は、まず部屋の照明を落とすことから始めた。

小さな木の卓の上にロウソクを立て、その横にとても小さな香炉を置く。線香を二、三本突き立てると火をつけて香りを嗅いだ。

「この前インドから帰ってきた人のお土産よ。とってもいい香りでしょ。何か音楽かけましょうか」

「そんなものはいいから、早く飲ませてくれよ。酔いが醒《さ》めてきて気分が悪いんだ」

不二雄がイライラして言う。

「はいはい。天童寺くんってせっかちなのね。もっと、セッティングとか空気づくりとかを楽しまなきゃ。アル中みたいよ、あなた」

サロメが冷蔵庫から細長いボトルを出してきた。それに、背の高いリキュール用のグラスを三つ。

「はい、どうぞ」

「なに、これ」

「ロゼよ」

「ロゼ？」

ボトルの中にはバラ色の液体が半分ほどはいっていた。不二雄はまばたきもせずに、その三〇〇ccほどのワインをながめた。

「酒があるって言ってたのは、これのこと？」

「そうよ。あら……ワイン、お口に合わないかしら」

「お口に合わなくはないよ」

不二雄は、天井を向いて、口の型と息だけで、

「くそったれ」

と言った。おれはあやうく声をたてて笑うところだった。

「そうだ。チーズケーキもあるのよ。召し上がる？」

「ああ。召し上がりますよ」

サロメがケーキを取りにいったスキに、不二雄はおれを突っついた。

「おい。何か持ってるっていってたな」

「ブロバリンだけど」

「くれ」

「さっきはずいぶん馬鹿にしてたようだけど」

「意地悪言うなよ。アルコール度数十二、三パーセントのワインが二合ぽっきりしかないんだぞ。どうやって酔っ払えっていうんだ。いいからくれよ」

「あら、あなた、なにか持ってるのね？」

頭の上から声がふってきてぎょっとした。

見上げると、左手にチーズケーキの皿を持ったサロメが、クリームか何かがついたのだろう、右手の小指をねっとりとなめながら、おれの方に笑いかけている。

「なに持ってるの？」

「ブロバリンです」

「まっ。天童寺くん、いいお友だち持ってるじゃないの」

「…………」

「出しなさいよ。みんなでやりましょう」

おれは仕方なく尻ポケットからマッチ箱に入れた錠剤を出した。あと三、四日はこいつでラリって過ごそうと思っていたくらいの分量だ。

サロメはうれしそうに白い錠剤を三等分した。不二雄がまずそいつを全部口に入れ、ロゼのボトルをラッパ飲みして流し込む。

「私は、お酒ってほんとにだめなのよね。ワインを一口いただくくらい。お肉もお魚も食べられないし。お菓子とおクスリで生きてるようなものなの」

疳高い声で歌うようにしゃべりながら、サロメは一粒ずつ錠剤を口に放り込んだ。

「ほんとはね、『ピンク』が好きなの。オプタリドンが。あれの糖衣をむいているときって楽しいじゃない？　木の実を食べてるみたいで」

おれは残った錠剤を口に放り込むと、不二雄から受け取ったロゼで流し込んだ。

「くそっ。効くまで時間がかかるのがうっとうしいんだ。酒なら、すぐにカーッとくるのにな」

不二雄がぶつぶつ言う。

「しばらく音楽でもかけましょうか？　ワーグナーでも」

「ワーグナーでも」

不二雄がサロメの疳高い声を真似して言った。

「おい、おばはん」

「え？」

「おばはんよ。熊井よし子のおばはんよ」

「なによ、それ」

「あんた、鏡で見てみろよ。自分がワーグナー聞くような顔かどうか。どう見てもあんたの顔は、ハイドン向きだ」

「………」

「それに、なにが〝サロメ〟だよ。熊井よし子じゃないか、あんた。和歌山の漬けもの屋の娘の」

「漬けもの屋じゃない」

「なんだよ」

「熊井食品っていう、ちゃんとした株式会社よ」

「でも、漬けもの屋だろうが」

「なによ。変なこと言わないでよ」

「漬けもの屋の娘の熊井よし子のくせに、サロメってのはどういう了見《りようけん》だよ。モンゴル人まるだしの顔して。あんたの顔は、サロメなんてもんじゃない。スルメだよ」

「あたし、許さないからね。あなたのこと」

「熊井よし子に許してもらうほどおちぶれてない」

「宿なしだって言うから、たいした知り合いでもないのに泊めてあげたのに。出てってよ」

「そんなむちゃな話があるか。それとこれとは別の問題だろ。おれたちは、君が泊めてくれるって言うから来たんだ。それと、君への個人的な評価をくだすこととは別だろうが。自分に対して批判をする人間は全部追い出して、気持ちよく暮らすのが君の生き方なのか」

　このあたりになると論理もへったくれもなかった。ブロバリンとアルコールとの同時摂取でいきなり効き出したのだろう。

　不二雄もサロメも、やがてろれつが回らなくなり、トイレに立っても壁にぶち当たりながら歩くようになった。

　おれは、ボトルの底に残っていたロゼを飲み干した。クスリでささくれだった胃壁に、ぽっとバラ色の炎がともった感じだった。

「うまいな」

と、おれは思った。酒をうまいと思ったのはたぶんそのときが初めてだろう。

サロメと不二雄は、さっきまでケンカをしていたと思ったら、今はもう部屋のすみでなにやらひそひそ話をしている。

おれは、頭の中いっぱいに石綿《いしわた》がびっしり詰まったような感じだ。考えることもできないし、状況把握もできない。

子供の頃、よく体を独楽《こま》のように回して、終わった後のふらふらの状態を面白がった。ラリるというのは、あの酩酊がずっと持続しているようなものだ。シンナーの酔いも、それによく似ている。アルコールでは、後におれはぶっ倒れて天井がくるくるまわっているのを何度も見たことがある。このときも単純に、

「あ。おもしろい」

と思った。麻痺をともなう薬物に人気があるのは、一種「子供返り」の現象なのかもしれない。

おれは、室内の腐蝕銅版や酸の詰まった壜などを、ただただながめてはとろとろとラリっていた。

いつの間にか、部屋の中にはおれ一人になっていた。あっちこっちの壁にぶち当たりながら不二雄たちを探す。

奥の六畳くらいの洋室で、不二雄はサロメの上に乗っていた。

それまで耳障《みみざわ》りなきんきん声だったサロメは、いま、

「んあっふ、んあっふ」

というような、低いしわがれ声をたてていた。

入り口に立っているおれをみとめた不二雄は、腰を異常な早さでサロメの白い下半身に打ちつけながら言った。

「君もするか。次」

「いや。遠慮しとく」

精一杯かっこうをつけたものの、おれはその頃まだ童貞だったのだ。まっ白なサロメの体の上に乗って律動している不二雄の浅黒い体は、醜悪でなおかつ力強かった。初めて見た他人のセックスは、その後何年もおれの夢の中に形を変えて出てきた。

あのとき、おれはたしか不二雄に軽口を叩いたはずだ。動転《どうてん》しているのを悟られて、小僧っ子だと思われるのがシャクにさわったのだろう。

「いいか？」

と、おれはバカな質問をした。

不二雄は顔をしかめて、

「泥沼みたいだ」

と言った。サロメの熊井よし子は、あいかわらず派手な声をあげ続けていた。自分で自分の声に酔っているようだった。

おれたち三人は、そのうちに、意識も体もどろどろにとろけて、眠りにおちた。

翌朝目覚めると、三人は超人的に元気でハイになっていた。催眠薬や鎮痛剤の多量服用には、何かそういう効果があるのだ。作用している間中、精神がどろんと曇っているので単にそう感じるだけかもしれないが。

不二雄という男は、元気が出たからといって別に快活になる人間ではない。彼の体の中では、エネルギーはすべて毒気に変わるようだった。

サロメが買ってきたパンに一〇ミリくらいのバターをつけてばりばり食いながら、不二雄は言った。

「小島。今日の明け方、目が醒めなかったか」

「いや」

「よっぽどぐっすり寝てたんだな」

「地震でもあったのか」

「いや。夜中におれの横で、ボンッていうばかでかい音がして目が醒めた。なんだろうってきょろきょろしてると、またもう一回、ボンッてでかい音がした」

「何なんだよ、それ」

「よし子が屁《へ》をひったんだよ」

「嘘よっ。あたし、そんなことしてないわ」

「してないったって、君は眠ってたんだからそりゃ知らないかもしれないけど、たしかにボンッて屁をしたんだよ」

「ちがうわ。あたし、そんなことしてないわよ」

「信じたくない気持ちもわかるけどさ。君はたしかにしたんだよ。それともなにかい。君は人間でありながら、絶対屁もこかず、うんこもおしっこもしないのか」

「そんなことないわ。でも」

「でも、何だよ」

「私のって、そんな音しません」

「じゃあ、昨日、おれがあんまり君の下腹部を押しまくったんで、変に空気がたまったんだろうな」

　見ると、サロメは、かじりかけのトーストの上に涙をぽろぽろこぼしていた。

「どうしてそんなひどいことを言うの」

「ひどいことって。おれは君がボンッてすごい屁をしたから、その通り言っただけでね」

「出ていけっ」

いきなり不二雄に向かってトーストが投げつけられた。不二雄は予期していたように、ひょいとそれをよける。次に皿が、牛乳の紙パックが、灰皿が飛んだ。

サロメは机の上のものを全部投げてしまうと、平らになった机の上に顔をふせてわっと泣き出した。

不二雄は上着を着ると、床の上の牛乳パックを拾い、

「これ、もらっていくよ。また、電話するよ。今度はワインじゃなくてウィスキー買っといてくれよな。じゃあ」

不二雄のあとに続いて、おれが扉を締めると、ドアの向こうから激しい声でサロメの泣くのが聞こえた。

「一宿一飯《いっしゅくいっぱん》のお礼にしちゃ、かなりの仕打ちだな」

パックの牛乳をごくごく飲みながら舗道を歩く不二雄におれは言った。不二雄は、のどもとに一本流れたミルクの糸を袖でふきながら答えた。

「虫酸《むしず》が走るんだよ。あの手の女は。ハンス・ベルメールの画集集めて、バタイユば

っかり読んでるんだぞ。あいつ、外国の娼婦がはくような黒いストッキングとガーターをしてたんだぞ。それで、〝サロメ〟だっていうんだからな。あの目を見たろう。トカゲみたいに半透明の膜がかかってんだ。何にも見えてない。うっかり話につき合ったりすると反吐つきそうになるよ」

「その割には一生懸命やってたな」

「あれは君、泊めてもらった以上、礼儀じゃないか」

その日、一文無しのおれたちは、夕方にはおしゃれなショットバーで盛大に飲んでいた。

不二雄がいざというときにやる特別の商売を、その日は見せてもらった。

彼はまず、知人の一人から電気ギター用のハードケースだけを借りてきた。そして市内の大手の楽器屋に行く。あらかじめ頼まれていたとおり、おれが店員に話しかけて、エフェクターの新商品についていろいろと説明をしてもらう。店員がそれに気を取られている間に、不二雄はゆっくりした足取りでギター売場を見てまわり、やがて戻ってきた。

店を出ておれたちは走った。もう大丈夫というところで、不二雄がギターケースをあけて見せてくれた。さっきまで空だったそのケースの中には、新品のギブソンがはいっていた。モデルではない。正真正銘のギブソンだ。

「これを、どうするんだ」

「ほんとなら知り合いとかバンドマンに売りつけるんだけどな。二十万くらいにはなるけど、金に化けるまで時間がかかる。中古楽器屋に売っ払うしかないだろ」

中古楽器屋で、そのギブソンは十二万で引き取られた。不二雄はそのうち四万円をおれにわたした。

「なんだ、これは。もらういわれはない」

「何言ってんだ。店員の気を引いて協力しといて。立派な共犯者じゃないか。自分だけきれいな体でいようってのか」

「よし、じゃあこいつで一杯やろう」

その夜、おれは慣れないバーボンをしこたま飲んで、吐いてはまた飲みを繰り返した。盗みで気がたかぶっていたので、ウィスキーは面白いように胃の奥に消えていった。

それがおれのヘビードリンカー生活の始まりだった。ほんの二日の間に、おれはアルコールと天童寺不二雄と、体に良くないものにふたつも出会ってしまったことになる。

〈十三〉

毎日毎日、検査は続いた。

人間一人の体で、これだけ調べることがあるのかと思うくらいだ。

朝一番に血を抜かれる。血中にあらわれる肝機能の状態を一日単位で測定しているのだ。おれは、折れ線グラフを作ってうんざりした顔でそれをながめている赤河の顔を、採血のたびに想像した。

点滴やジアゼパムの投与は四日目で停止された。基本的には、体の自然な回復力にまかせるより仕方のない病気なのだ。この病いの唯一の治療法は、床ずれができるまで横になって、高栄養の食事を摂ることである。激しい運動や労働はできない。考えてみれば、ぜいたく極まりない大名病いだ。

五日目に腹部エコーの検査をした。

二日前から検査用の薬を服用しておく。

腹部になにやらぬるぬるした液を塗りつけられて、横になると、皮膚にロール状のテスターが当てられる。当てられた箇所の内部の状態がモニター画面に映る。

この検査は、超音波をあてて、そのはね返り具合で内部を探知するものらしい。検査医師は、コンピュータを操作して、問題箇所でテスターを止めては、キーを押す。この部分は後でプリントアウトされて出てくるのだ。

こういう機器の中にいると、おれは医療というよりSFの世界に突入した気分になる。楽しもうと思えば、けっこう楽しめるのである。おれはUFOにさらわれた哀れなモンゴリアンだ。東洋人風の顔つきをした背の低い宇宙人たちは、わけのわからない機器を使って、おれの肉体と精神を調べ、DNAを解読する。宇宙人は書くだろう。

「サンプルには、アルコールによるいちじるしい肉体機能の低下と精神、知能の衰弱が認められる。サンプルの言語機能は、ときおり〝まだ飲めるから持って来い〟などと絶叫するだけで、意志疎通は不可能。これをもって考えるにこの星の植民地化から利益を得るとは考えられない」

というわけで、アル中のおれが地球を救うのである。

六日目には、バリウムを飲んでの胃腸レントゲンとCTスキャンによる腹部撮影をしたが、この検査室などまさにSF的だ。

バリウム検査は、ローリングするボードの上に寝て、さまざまな角度からレントゲン写真を撮る。この、うねうねとグラインドする床部は、遊園地の機械仕掛けの装置のようでなかなか楽しい。不謹慎なことを言わせてもらえば、ラブホテルの回転ベッドによく似ている。

CTスキャンもSF的な機器だ。脳の検査によく使われるが、要するに物を何ミリかずつの輪切りにしていって、その断面図のX線写真を撮るわけである。床部に横になって、カプセルのような本体の中のトンネルを、少しずつ少しずつ通過していく。これでおれの腹を何十枚かのスライスにした断面写真集ができあがるわけだ。

この検査を受けながら、おれは以前に仕事で取材したコンピュータの先生の話を思い出していた。その内容は、「コンピュータの中から物を取り出す方法」、「プログラムを物質化する方法」というものだった。

コンピュータの中に、たとえば球の形のプログラムがあるとする。これをCTスキャンと同じ理屈で、薄いスライスの集積に分解してしまう。この断面図を、紫外線のビームに変換して、液体プラスチックの液の上に照射する。プラスチックは断面の形に凝固する。さらに今度は〇・五ミリ上部の断面をビームにしてプラスチックを固める。この作業を繰り返していくと、コンピュータ内のプログラムは、プラスチックの立体として物質化される。

たとえばおれが受けた腹部のCTスキャンは、ごく目のあらいもので一センチ間隔くらいの断面写真集だろうが、これの間隔をもっと密にしていけば、そこに「アル中の腹」の腹部模型ができるわけだ。

この技術はいま、工業的に加工の不可能な立体などを作るのに使われている。たしかに、「内部が空洞で、中に八百羅漢が詰まった球体」といったものを考えると、これは人間の技術ではできない。

おもしろい使われ方としては、この技術は「シーラカンスの模型」作りに使われているという。シーラカンスの標本は個体数が少い。そこでこれをスキャニングで解析して、プログラムとして保存しているのだ。それをもとにプラスチックで、内部構造まで忠実に再現した標本ができる。

糖負荷《とうふか》の検査というのもかなりハードだった。血管に緑色の糖液を注入して、それがどのくらいの速度で代謝していくかを調べるのだ。このときは定刻おきに血をとる。何時間かの間に五、六度も血を抜かれる。こんなに血を抜いて大丈夫だろうかと心配になるくらいだ。結果的には何ともないところを見ると、人間の体の中の血の量からすれば、抜かれた分など微々たるものなのだろう。

おれはずっと貧乏人だったが、血を売った経験がない。前にも言ったように、注射が嫌いだからだ。献血というやつにも行ったことはない。上に「愛の」とついているのが護符《ごふ》のように光っていて、おれを寄せつけないのだ。病院でこれだけ針を突き立てられるのなら、売血や献血をして慣らしておけばよかった。

そういえば、天童寺が車にはねられて死んだ夜、おれははじめて血を提供しに行った。連絡があって、大量の失血のため輸血がいるから、人をつのって病院に集まれ、ということだったのだ。

どこかで情報がねじ曲がったのだろう。天童寺不二雄は、救急車に運び込まれる前後にはすでにことぎれていたのである。

夜中の二時くらいの病院には、それを知らない知人が五、六人、急を聞いて集まっていた。

もし不二雄がまだ生きていて、輸血が必要だったとしても、おそらく我々の血はものの役に立たなかっただろう。全員、へべれけの酔っ払いばかりで、血中アルコール濃度はすさまじいものだったろうからだ。

おれもそうだった。おまけに不二雄はB型だったが、おれはA型だった。

総じて、検査はうっとうしいというよりは楽しかった。

おれにはどこか、そういう幼児的で無邪気な部分がある。日常の中で異形《いぎょう》のものに出会うと、恐怖よりも先にまずおもしろさを感じてしまうのだ。

酔っ払ってケンカをしたり、転んで頭を打ったりして血まみれになって帰ることはしょっちゅうあった。そんなときにも傷の心配をするより先に楽しんでしまう。

まずは帰りの電車の中で楽しむ。

混み合った終電の中に、顔中血まみれのおれが乗り込んでいくと、見る見るうちにおれのまわりに空間ができる。遠巻きにして、こわごわながめられているのだ。

みんな、見て見ぬふりをして、そのくせ視界のはしっこに必ずおれをとらえている。

とりすました顔をした中年サラリーマンが座っていると、わざわざ前まで行って、吊り革にぶらさがる。相手は新聞を読んでいるふりをするが、目が合ったときに、ニタッと笑いかけてやる。

たいてい、あわてて席を立って、隣の車輛かなんかへ移る。もう少しプライドの高い奴は、次に着いた駅で下りてしまう。終電なのに……。

電車で楽しんだ後は、アパートの部屋で傷の手当てをする。損《そこ》なわれた自分の傷口を観察するのは、なかなか楽しい。ぱっくり開いた傷口のようすは、たとえば地底旅行をしているようなもので、普段見慣れたおのれの顔の下にひそんでいる異界の光景だ。

次の日は当然、絆創膏を貼りつけたまま仕事に行くことになる。会う同僚ごとに、どうしたんだ、と訊かれる。

傷もないのに手首に包帯を巻いて登校する女学生なら、「ちょっとね」と謎めいた笑みを浮かべるのだろう。おれの場合は、その都度、嘘っぱちの話を作り上げるのだ。会う人ごとに新しい話を作って説明する。

「いや、妙にからんでくるから張りとばしてやろうと思ったんですよ。背なんかおれの肩ぐらいまでしかない、ちっこい奴だったから。一発はいったんだけど、その後そいつに腹を蹴とばされてね。それがものすごいキックで息が止まっちゃったんです。見たら、その小男の足ってのがおれの倍くらいの太さなんですね。太腿《ふともも》ひとつが人間の胴くらいの太さなんです。そんな足で蹴られたから、そのまま昏倒《こんとう》して頭打っちゃって。そいつですか？　後で聞いたら、有名な競輪の選手だって。それであんな腿してたんですね。やっぱり、プロってのは別に格闘技の選手じゃなくても、サッカーでも競輪の選手でも、普通の奴よりは強いんでしょうね」

ケガをして仕事に行った初日には、この手の話を最低十個は創らなくてはならなくなる。

単調なアルバイトをしていたおれには、けっこう楽しいヒマつぶしだった。ステテコの下に皮靴をはいて、変な日本語を話す北朝鮮スパイらしき一団に襲われた、といったとんでもない話になることもあった。ここまでくると、さすがのおれもギャグのつもりで話している。

「どうやらスパイのマニュアルに誤植があるらしくてね、そいつらは、『おとなしく手を上げないと赤ちゃんを産むぞ』と脅迫文句を吐くんだよ」

それを聞いて、新聞社のエリート社員の中には真顔《まがお》で、

「それは君、早急に警察に届け出たほうがいいぞ」

と忠告してくれる者もいた。

ケガはその後、なおっていく経過を楽しむこともできる。たいしたものも食っていないのに、体は懸命に肉芽《にくが》組織を作り、皮膚を張り、傷をなおしていく。自分の肉体がいじらしく、また頼もしく感じられる。おれの肉体というマシンは、一途《いちず》な、気持

ちのいい奴なのだ。

こうしたケガ、病気、不幸のすべてを、おれは楽しんできた。楽しめるのは、結局おれが自分の存在を周囲から他人のようにながめているからだろう。ながめているおれは、愚行を演じているおれを見て苦笑いしている。

バナナの皮ですべって転んでいる男と、それを見て笑っている男が、同時におれの中にいるのだ。苦痛に対する耐性を得るために、無意識のうちに自分をふたつに裂いたのかもしれない。

このふたつの存在は互いを毛嫌いしているが、唯一、泥酔《でいすい》の中にあってだけ重なり合ってひとつのものになった。このふたつが溶解し合ったときにだけ、そこからほんものの怒りや悲しみがたちのぼってくるのだった。泥酔していないときのおれは、苦笑いだけが得意な、いわば感情喪失症者だった。

検査、検査で明け暮れて一週間が過ぎた。

おれの体は、もう病院のリズムにすっかり適合しているようだった。

夜はあいかわらず寝つけないが、眠るコツのようなものをつかんできた。メディテイションのセオリーから借用してきたのだが、「凡」なら「凡」という字についてずっと考え続ける。考えるというよりは脳裡《のうり》に見るのだ。そのうちに凡の字に関連のあるようなないような、非現実的なイメージが一瞬浮かんでくる。「夢のしっぽ」と呼んでいるこいつをつかまえるのだ。この退屈な手順に慣れると、酒がなくても眠れることをおれは発見した。

九時の消灯で、たいていは十時くらいには眠っている。たまに例の「夜泣き爺い」の声が、こちらの病棟まで流れてくることがある。それも慣れると、子守歌がわりになった。ただ、この子守歌は必ずおれに悪夢を見せるので、ちと困りものだった。

朝は五時か六時に、ぱっちり目が醒める。

起きがけに腹が減って目が醒める、ということを、おれは約十七年ぶりに再体験している。

七時までには届く朝食をむさぼり食う。

そうしていると自分がなんだか別の人間に生まれかわってしまったような気になる。多少みっともない気もするが、腹が減るということも新鮮でおもしろい。

飲み続けていた十七年間、おれは朝食を取ったことは数えるほどしかなかった。毎日が二日酔いなので、まず歯を磨いている時に軽い吐き気に襲われる。水をがぶ飲みするので、胃液も薄まって、ものを食うどころではない。それでも、調子のいいときには出勤前に立ち喰いそば屋に寄ることもあったが、熱い汁をすするだけで、そばを食うところまでは手がまわらなかった。

アル中の末期には、酔いざめの水やそばつゆがビールや薄い水割りに化けた。不快感を消すために、目が醒めるとまずビールを流し込む。はた目からはよれよれに見えるが、実はアル中というのは普通の大酒家よりは快適なのである。四六時中酔っているから、二日酔いになるヒマがないのだ。

もどってきた食欲や、二日酔いの不快感からの解放、自分の肉体が徐々に人間っぽさをとりもどしてくるのをおれはおもしろく思った。またぞろ、自分のことを傍観して、その変化を好奇の目でながめていたのである。

コーラのような色で悪臭のする尿は、いまではすっかり小麦色の小便にもどっていた。ときによっては、物足りなくなるほど無色透明のこともあった。

失禁するほど続いていた下痢は、アルコールを断って食事を摂るようになるとぴたっとおさまった。色素のない白色便にもお目にかからない。

黄疸《おうだん》がとれるには少し時間がかかったが、入院して四、五日目には肌の色は「普通の鉛色」にもどり、それから一日ごとに血色が良くなっていった。

おそらくおれの肉体はいま、この世に生を受けて以来初めての頑張りで、全細胞をフルに働かせて再生をはかっているのだろう。

入院して八日目くらいのことだ。

喫煙室で三婆とバカ話をしながら、おれは何気なく頭を掻いた。

松おばさんが顔をしかめて、

「やだねえ、あんたは。レディの前でぱらぱらフケを落とさないどくれよ」

と、言った。

「フケ?」

おれは奇異な感じをおぼえた。

見るとたしかにおれの目の前を、ふたつみっつ、白い破片が舞い降りていくのだ。

そのとき改めて気づいたのだが、おれの頭には、かなり長い間、フケなど存在しなかったのである。

酒ばかり飲んで、ろくにものを食わないので、おれの肝臓は自らの細胞を再生し維持するために、ほとんどの蛋白質を肝臓へ、そして内臓系統へまわしていたのだろう。重要な部分へ優先的に蛋白質がまわっていった結果、表皮部分の新陳代謝などは一番後まわしにされたのにちがいない。

おれは長い間、自分のフケを見たことがなかった。フケだけではない。およそ体の老廃物というものが極端に少くなっていたらしく、何日も風呂にはいらなくても、垢ひとつ出なかった。体は枯れ木のように乾燥していた。

抜け毛もないかわりに、髪に栄養がいかないのだろう。髪の毛そのものが、ずいぶん細くなってしまった。

老廃物がないから清潔に見えるかというと、決してそんなことはない。肌の色は鉛色に黒ずみ、目はどんよりと曇って、体全体からは一種死臭に近いようなものが漂《ただよ》っているのだ。

赤河が言っていた「肝臓臭」はカビ臭い感じの臭いだ。これに胃炎の人間特有の口臭が加わる。更に体全体から、脂肪分のない皮膚が衣服でこすれて出る「老人臭」に似た臭いが立ちのぼる。

これらがあいまって、三十五歳の人間の生気あふれる体臭ではなく、一種死臭に近いものになるのだ。

病気にはその病気特有の臭いがあるそうで、ペストの蔓延《まんえん》する村からは「リンゴ」の匂いがするという。そして、本物の死臭、臨終の人間が放つ臭いは「松ヤニ」の匂いによく似ているそうだ。おれももう少しで体中から松ヤニの匂いを発散するところまで近づいていたのだろうか。

久しぶりに自分のフケを見たときには、嫌悪するべきその頭皮の破片に感動を覚えた。

体は、やっと老廃物を出し、新しい皮膚を作るところまでになったのだ。

その日、入院して以来初めて、おれは風呂にはいった。

風呂は健常な人にとって、楽しみのひとつだろうが、弱っている人間にはけっこう大仕事なのだ。そんなエネルギーのたくわえはなかったし、体はいつも乾いていて必要性も感じなかった。

病院の風呂はかなり広く、ちょっとした銭湯くらいの広さは十分にあった。

入浴時間は三時から六時までで、おれは三時になるのを待って、一番に浴場へ飛び込んだ。

広い湯舟に満々と湯がたたえられ、そこにいるのはおれ一人である。ガラス戸から午後三時の陽光がうらうらと差し込んでくる。

ゆったりと身体をのばして湯につかっていると、ついこの前まで、死臭を放ちながらウィスキーをラッパ飲みしていたことが不思議な光景に思えてきた。それは、同じ人間が二本の映画でまったく別の人間を演じているのをながめるような違和感だった。

脱衣場で人の気配がし、中年の男が風呂場にはいってきた。小ぶとりの、あまり病人には見えない男だったが、おれに軽く目礼すると、湯にはつからずタイルの上でいきなり体を洗い始めた。

おれの方を向いている背中に彫りものがくっきりと描かれていた。いきなりの紋々にも驚いたが、よく見ると湯煙ごしに見えるその入れ墨が、どこか妙なのに気がついた。図柄は弁天さまらしいのだが、どこか山水画のような枯れた印象を受ける。よく見ると、その彫りものには色がはいっていない。墨でアウトラインだけが彫り込まれていて、色つけがなされていないのだ。

男はやがて体を洗い終えると、勢いよく湯舟にはいってきた。勢いが良すぎて、おれの顔にしぶきがかかった。

男はあわてたようすで、

「あっ、すんまへんな、兄ちゃん。堪忍《かんにん》やで」

と謝まった。

「いっつも内風呂なもんで、つい家におるつもりではいってしまう。わし、勢いよう風呂はいって、ザアーッと湯がこぼれるのん、好きなんや。なんやごっついぜいたくしてるような気になるやろ。なあ」

「はあ」

「ちっちゃい頃からお母に、湯がもったいないもったいない言われて育ったさかいに、大人んなったら盛大に湯《かん》うこぼしてはいったろと思とったんや、わし」

ずいぶん話し好きのヤクザらしい。

「兄ちゃん、なんで入院してるんや」

「肝臓です。酒飲み過ぎて」

「はあ、さよか。ムチャ飲みしたんやな」

「そうですね」

「わしらも昔はかっこうつけて飲んだけどな。無理して飲むもんやないな。人間、一生の間に飲める量って決まってるらしいさかいな。早《はよ》うにようけ飲んだら、それだけ打ち止めが早うくるんや」

「打ち止めですか」

「そうや。あっちの方かってそうやで。男が一生の間に出す量っちゅうのも、だいたい一升壜一本くらいと、きちっと決まっとるんや」

「そうかなあ」

「そうや。これで打ち止めっちゅう最後の一発抜いたあと、ぽっと白い煙《けむ》みたいなんが出て、それでその人間の割り当ては終わりや」

「白い煙が出ますか」

「わしら、それ知っとるから、一発一発大事に心込めて射っとるもんな。もったいないからヨメはんとはせえへん」

「それで奥さん黙ってますか」

「そんなもん、兄ちゃん。家族とセックスするなんちゅう変態みたいなことできるかいな」

「ははは」

「わしらの商売、女になめられたらしまいやからな」

「あの、失礼ですが」

「なんや」

「やっぱりその……組関係の方ですか」

「そうや。ちっちゃい組やけどな。あ、兄ちゃん、後でわしの名刺やるさかい、退院してから困ったことあったら、何でも言うてきいや。ややこしいことになったらやな、相談にのったるさかい」

「はあ。ありがとうございます」

「しかしなあ。ヤクザも病気んなったらあかんわ。さっぱりわややや」

「何で入院されてるんですか」

「糖尿や。ちょっときついやつや」

「やっかいですね」

「考えてみいな。ヤクザがやで、左のポケットに拳銃《ちゃか》入れてんのはええとせんかいな。反対側のポケットに〝糖尿病者手帳〟と〝角砂糖〟入れてんねんで。死んだときかっこ悪いやないけ。注射もやな、シャブやのうてインシュリン射つんやで。これでは若いもんにシメシつかんわなあ。……あかん。ヤクザはやっぱり病気んなったらあかんわ」

「そうですねえ」

「組は健保もはいってないしなあ。病院代つくるんで、わし、入れ墨彫ってたん、一時ペンディングしてるんや」

「あ。それで色が入ってないんですか」

「かっこの悪い話やで、ほんま」

男はカラスの行水タイプらしく、しばらく湯につかると、ざばっと勢いよく立ち上がった。またしぶきがおれにかかった。

「兄ちゃん、びっくりさせて悪かったな。ほんま、困ったことあったらいつでも言うてきいや」

「は。ありがとうございます」

男は、色なし入れ墨のあたりをタオルでぴしゃぴしゃ叩きつつ、鼻歌まじりで浴場を出ていった。

おれは、男のせいで湯舟から出るタイミングを失い、半ばのぼせかかっていた。湯舟を出て体を洗い、久しぶりの洗髪をする。

山奥の温泉で、猿や鹿と鉢合わせしたら、こんな感じだろうか。

薬効のある温泉に、傷や皮膚病をなおしにくる動物は、そのエリアの中ではお互いを襲わないという。通常は食うか食われるかの間柄の動物同士が、仲良く肩を並べて湯につかるのだ。

同じことで、ヤクザも病院の中ではおとなしくしているのかもしれない。

体が恢復《かいふく》してくるにつれて、おれの中で退屈の虫がうずき始めた。初めの一週間くらいは検査の連続で、自分の体が初めて出会う珍奇ないじくられ方を面白がったりできた。が、体に元気がつき始めた十日目前後に、検査のコースがほとんど終了したらしく、残すのは一番ハードな肝生検テストだけ、ということになった。

毎日あるのは朝の採血、ビタミン剤の服用、検温くらいのものである。後は横になったりメシを食ったりするだけだ。

ある日、定刻に体温計の数字をメモしにきた看護婦が、素頓狂《すっとんきょう》な声を張り上げた。

「小島さん、どうしましたっ」

「どうかしましたか」

「熱が四十一度もあるわよ。ちょっと、大丈夫あなた。体、何ともないですか？」

看護婦は、俺の額に手を当てて首をかしげた。

「変ねえ、平熱みたいだけど。とりあえずもう一度測ってみてちょうだい」

二度目の検温では、三十六・五度の数字が出た。やっと安心した看護婦が去って、十五分くらいすると、赤河がおれをにらみつけてはいってきた。

「小島さん。あんた、至急大学病院の方へ移ってもらうことになったぞ。精密検査をしてもらう」

おれはさすがにギョッとして尋ねた。

「どこか異常があったんですか」

「異常なんてなまやさしいもんじゃない。三十分くらいのうちに、体温が五度も上下するなんてのは哺乳類じゃ考えられん現象なんだ。体中から生体組織を取って徹底的に究明せにゃならん」

　おれは苦笑いをして聞いていた。赤河はおれにぐっと顔を近づけると、言った。

「それとも、検温器の方に異常があったというのなら話は別だがな。たとえば誰かが体温計の先にライターの火を近づけて、とんでもない数字を出すとかな」

「そんなことをして、そいつに何の得があるんですか」

「さあな。バカのやることは私らにはよくわからんよ」

「…………」

「答えてみろ。退屈なのかね」

「いえ、別に」

「退屈なんだな。体も軽くなってきて食欲もある。もう完全にもとの体にもどって、今、仕事場に出てもバリバリ働ける。そんな感じがするんだろ。え？」

「…………」

「こうして毎日ベッドに寝っ転がって、本読むかメシ食うかくらいしか気晴らしがないのにうんざりしてきたんだろう。〝病人じゃあるまいし〟、そう思っているんだろ」

「いや、そこまでは……」

「いや、無理に嘘をついてまで答えんでいい。聞かなくてもわかっている。あんたのような症例の人間はみんなそうなんだ。私は今までに、あんたよりひどい症状で、それこそちょっと動かしても動脈瘤《どうみやくりゆう》が破れて失血死するっていう、生きるか死ぬかの状態でかつぎ込まれてきたアル中を何人も見てる。死ぬ奴もいるし、その場はおさまっても二年後に死ぬ人間もいる。あんたくらいの症状なら、劇症肝炎の症状を起こさなければ、たいてい死ぬことはない。アルコールを断って、安静と栄養を与えておけば、十日目くらいにはあんたみたいにもぞもぞし始める。健康体に戻ったのに、何で入院させとくんだ。この病院はもうけ主義じゃないか。あの医者はヤブじゃないのか。そんなことを考え始めるんだ」

「滅相《めつそう》もありませんよ、先生」

「滅相もあるんだよ。毎日血液を調べてるとわかるが、入院後数日を経ると、GTPやGOTなんかの数字は、ものすごいスピードでいい方に向かっていく。それから、ある程度のところで横這いになってくる。これが今のあんたの状態だ。たとえば、いまあんたが無理矢理退院してしまうとする。それでも、やはり少しは心配なんで、この病院での検査やカルテがあること、病歴なんかを何にも言わず、普通の町医者に診てもらったとする。その医者はあんたに何て言うと思う?」

「わかりません」

「数字がちょっと高いが、少し酒を控えなさい。週二日は最低抜くように。これくらいだよ。言われることは。そしたらあんたは躍り上がって、そのままバーへ走るだろうな。ざまあみろ。何ともないんじゃないか。あのヤブが長い間入院させやがって、てなもんだ」

「はあ」

「だが、そうじゃないんだ。あんたの肝臓が出してる数字は見合の釣書《つりがき》みたいなもんで、実体はそこには何もない。あんたの肝臓を一番うまく言いあらわすとするなら、陶器の壺だな」

「壺ですか」

「それも、ちゃんとした壺じゃない。一回床に上から落としてバラバラになった奴を、ジグソーパズルみたいにもう一回はめ合わせて元の形にもどした壺だ。接着剤を使わずに、凸凹のはまり込み具合だけで復元した壺だ。一見すると、ちゃんとした壺に見えるだろう。このちょっと見の外見が、いまのあんたの肝臓が出してる数字なんだ。この壺がどれだけもろいものか、わかるだろう。近くに寄って見ると、無数の亀裂がはいってるんだ。この近くによって割れ方のひどさを見るのが、つまり肝生検のテストだ。線維化した肝細胞がどれくらいあるのか。肝硬変でも初期か中期か末期か。表面の状態を見、ボーリングテストのように組織を縦に抜き取って階層の構造を見ればすべてのことがわかる。つまり、どの程度の割れ具合なのかがな。どっちにしても言えることは、一度割れた壺は、二度と元の壺にはもどらない、ということだ。ほんの少しの力で押しただけで、こいつはもとの破片にもどってしまう。この場合の、押す力ってのが何かはわかるな」

「アルコールのことですね」

「そうだ。とにかく、あんたにできることはこの割れた壺に極力圧力がかからないように大事に大事に守ってやることなんだ。重症の肝硬変でも、そうやって十年二十年、社会生活をしている人はけっこういる。入院十日目くらいで、ちょっと元気がもどってきたくらいで浮かれトンビになるんじゃないぞ。わかってるのか」

「はい」

「よし。じゃ、今度は体温計を氷で冷やしとけ。それで平均値が人間の体温になる」

この赤河の説教は、おれに希望と絶望の両方を与えた。

ひょっとすれば、あと何十年も生きられるのかもしれない、という希望。ただし、それはシラフでさえいれば、という括弧つきの希望だった。この病院にいて、わずか十日やそこらで訪れたこの退屈。外界に出れば少しはましかもしれないが、煩雑《はんざつ》でくだらないことの多い世界と正面からシラフで向き合うことになるのだ。

また、飲むことに戻るのか。割れた壺をもう一度壊しにかかるのか。

一番厄介《やっかい》なのは、それまでのおれが「三十五歳死亡説」を当然の条件として、突っ走ってきたことだった。それはそれなりに破れかぶれの、密度のある人生だったのである。今日しなくてはいけないことは明日する。今日飲める酒も明日の分の酒も今日のうちに飲んでしまう。それがおれの選択だった。おれのまわりには、天童寺を筆頭にして死人がごろごろいた。自殺者、病死者、事故死者。いないのは殺された者だけである。

生命保険のパンフレットにあるような人生設計を立て、酒を断ち煙草を断ち、自然食を摂り、ヨーガを学びしていても、人の生き死にに時間の保証はないのだ。健康に良い玄米食を摂っているところに、オートバイにまたがった松おばさんが戸を破って突っ込んでこない、とは誰にも言えないのだ。

ともすれば狂うのが当たり前の人生の予定の中で、おれは刹那《せつな》主義を貫いてバカ飲みを続けた。そのおかげで皮肉にも三十五で予定通りに倒れたのである。

これに後があるという想定は、まったくしていなかったのだ。割れた壺の処理をどうするのか、と言われると、これは少しは考えねばなるまい。

ところが、ある日、考えるより先に岐路が先に突きつけられてしまったのである。それも、体力をもてあましていたおれの、好奇心が呼び寄せたような、妙な成り行きだった。

ヒマで仕方のなかったおれは、かなり広い市民病院の中を、あちらこちらと探検して歩くようになっていた。

用事もない外科病棟をうろついたり、研究所員用の棟をのぞいてみたり、はては地下のポンプ室までのぞき込んで、ボイラーマンのおっさんにどやされたりした。

そして、自分のいる内科病棟の新館の地下に、「死体安置室」があるのを発見したのである。

まったく人気《ひとけ》のない、その地下二階の廊下の突き当たりに安置室はあった。非常に厚い、スライド式の金属扉でガードされている。

おれも、そこにはいって中の様子を見よう、という気は起こらなかった。第一、厳重に施錠《せじよう》されていて、とても扉が開くとは思えなかった。

ところが、ほんの気まぐれにその金属扉を引いてみると、それは意外にもローラーの軽い震動を手元に伝えて、難なく開いたのだ。

部屋の中央通路のまん中に白いシーツを張った台がひとつ据えてある。その台の向こう側に、しゃがみ込んでいる人影があった。

影は扉のあく音に驚いたように立ち上がった。

おれも驚いた。一瞬走って逃げようかとも思ったが、相手の様子もおかしい。病棟内で迷ったふりをすればすむことだ、と考えて、おれは部屋の中にはいっていった。

異常にクーラーが効いているのだろう。足を踏み入れたとたんに、鳥肌が立つほどの冷気に襲われた。

「なんだ、あんたか。びっくりさせるなよ」

聞き覚えのある声を、その人影は放った。

白いシーツの台のところまで進むと、相手の顔が逆光の中に見て取れた。

福来益三だ。

「福来さん。あなた、こんなところで何をしてるんです」

「あんたこそ何なんだ。そんなこと私に訊けた義理かね」

福来が唇をゆがめて笑った。

「用もないのに霊安室へ来たってのかい」

福来が顔を近づけてきた。ぷんと酒の匂いがした。

「福来さん、あんた飲んでるのか」

「とぼけるんじゃないよ。あんただって、そのためにここへ来たんだろうが」

「どういう意味です。おれは病院の中を散歩してて偶然ここに着いただけで……」

「いいからいいから。まったくアル中の考えることはみんな一緒だな。こっちへ来いよ」

福来はおれを、霊安室のさらに奥の方へ誘った。奥手には祭壇がしつらえられていたが、灯は点《とも》っていなかった。福来はその祭壇から陶器のコップを取ると、横にあるガラスケースの前で何やらごそごそしていた。

「ほら。かけつけ三杯だ」

差し出されたコップを受け取ってのぞき込むと、透明な液体が半分ほど満たされていた。つんと鼻をつく匂いがする。

「これは？」

「エチルだよ。薬用アルコールだ。あんた、これが目当てできたんだろ？」

「福来さん、あんたこれを飲みに霊安室へ」

「なんだ。ほんとに何も知らずに来たのかね。まあいいや。ぐっといきなよ。純度百パーセントのアルコールだからな。いっぱつで腹に火がつくぞ。あんまりきつけりゃ、この向こうに水道があるから、水で割ればいい」

「…………」

「別にまずいもんじゃないよ。味がないだけでな。変に甘ったるくて薬臭い安もんのウイスキーなんかよりはよっぽど上等だよ。ウォッカの強い奴だと思えばいい」

福来は上機嫌でペラペラしゃべった。

「いつもここで？」

「いや、そうはいかないんだ。よっぽど注意してないと、見つかるおそれがあるからな。そうなったら強制退院だ。みすみす保険が一日一万おりてるのがふいになっちまうだろ。ここはな、仏さんのないときには鍵がかかっていないんだよ。だから注意してりゃ、いつならはいれるかわかる。いくら私だって、死体の横で飲む気にはなれんからな。救急車がきた後なんかも用心した方がいいな。いつ死体が運ばれてくるかわからんだろ。それに夜中もだめだ。年寄りが死ぬのはたいてい夜中だからな。だが、まあ注意してりゃ大丈夫だよ。患者が死んだからって、すぐにここへ運び込むわけじゃない。臨終があって、家族が集まって、な。そういうどたばたがあるからな。で、夕方遅くに亡くなって、葬儀屋が引き取りにくるのが明朝になるってなときに、仏さんは一晩ここへお泊まりになるわけさ。都会のでっかい国立病院なんかじゃ、毎日のように仏さんが出るが、この病院くらいだと、そう毎日ってわけじゃない。注意してりゃわかるよ。たとえば、私らの階なら、奥の新館の〝夜泣き爺い〟な。あれはぼちぼちあぶないって話だな」

「しかし、アルコールなんか、病院中どこへ行ったってあるでしょう」

「あるけど、あんた。看護婦や医者や患者がうろうろしてるじゃないか。ここくらい人気《ひとけ》がなくてアルコールがたくさんあるところはないからな」

「このアルコールってのは、その、死体を拭くための……」

「だから何だってんだね。使ったあとのもんじゃあない、これから使おうって奴だ。こんなきれいなもんはない。なんせ消毒するんだからな、これで。ここのアルコールなら、少しくらい減ったって気のつく奴もいないしな」

おれは、コップの中の薬用アルコールをじっと見つめた。飲みたい、という気はこれっぽっちもおこらなかった。

「おれは、やっぱり遠慮しときますよ」

「どうしたい、気味が悪いのかね」

「ええ」

それほど小心ではないのだが、辞退するにはちょうどいい理由だった。

「案外けつの穴の小さい人だな、あんたも。そうか、赤河の奴にこってりおどしを入れられたんだろ」

「いや、まあ、それもあるんですが」

「あんた、自分がアル中、なおると思ってんだろ」

「飲まなければね」

「だめだね。なおりゃしないよ。いっかいこれになったものはな、なおるなんてことあ絶対にないんだ。私は何度も入退院したし、アル中専門の病棟にもいった。A・Aの集会にもいってたしね。あんたよりは何倍も地獄を見てるんだ。その私が言うんだからね、これはまちがいない」

「A・Aっていうのは、断酒会みたいなものですね。アルコホリック・アノニマスの略でしたっけ」

「おお、おお、インテリさんはちがうな。そうだよ、A・Aとかな、断酒友の会とかな、いっぱいあるんだ、そういう会は」

「福来さんがいったのはA・Aだったんですか？」

「ああ、A・Aもいったし、地方の断酒会もいったよ。三日と続かねんだよ。なんていうのかな、雰囲気《ふんいき》がな。変なんだな」

変なのはあんたの性格だろ、と言いかけて、おれは口をつぐんだ。

A・Aは、一九三五年にアメリカで誕生した「匿名《とくめい》・無名のアル中の会」といった組織だ。互いをニックネームで呼び合い、学歴も職業も問わない。

この組織の特徴は、まず、アル中を意志の弱さやだらしなさといった倫理基準で見ることをやめるところにある。まず、自分が酒やドラッグに対して不可抗力の状態にあることを認めてしまうのである。指導原則には十二のステップがあるが、まずその第一のステップは、次のことを認めることである。

「われわれはアルコール（もしくはドラッグ）に対して無力であり、われわれの生活をこれ以上コントロールできないことを認める」

日本には一九七五年に誕生し、現在各地に二百ほどのグループがある。その他、日本断酒同盟、日本禁酒同盟、ほか民間の断酒会はかなりの数で存在する。おれはまだそういうところへ行ってみたことはないが、福来の性格ではミーティングの出席者たちと合わないのは目に見えるようだった。

「ある断酒会でな、私は見ちゃったんだよ。その会はな、上下の序列のある会で、言やあ断酒何年の人間が断酒十日とかの人間を説教したり指導したりするわけさ。そこの副会長ってのは、断酒十二年目とかいう金物屋のおっさんだったよ。これがまた講釈たれなんだよ。私の働いてるふぐ屋まで来てね、あれこれ言ったりする。ちょうど夏の頃でさ、夏祭りがあったんだ。おやっさんも張り切って町内のだんじりかついでさ。祭りだから、若い衆はみんなこもかぶりの鏡を割って、ひしゃくで冷や酒をきゅうきゅう飲んでる。おやっさんはたまんなくなって、場を外したんだな。近所の家へはいって、奥さん、水をいっぱいくれってたのんだ。奥さんが持ってきたコップの水をくうっと飲んだときにはもう手遅れだ。酒だったんだよ。祭りだから、そこの家の奥さん、気をきかせたつもりだったんだろうな。おやっさん、十二年間一滴も飲まなかったのが崩れちゃったもんで、やけくそになって一升壜かかえて飲み始めた。もともと、酒乱のせいで酒やめたんだから、後はもうむちゃくちゃで警察沙汰だぁ」

「その手の話はよく聞きますね」

「そうさ。だから、二十年やめてようが三十年やめてようが、アル中はアル中なんだ。なおるなんてことはこんりんざいないんだよ」

「だからって、飲む理由にはならんでしょう」

「小島さんよ、笑わんでくれよ。私はね、ひとつだけ知っとる歌があるんだよ」

「歌？」

「ああ。こういうんだ。
この盃を受けてくれ
どうぞなみなみつがしておくれ
花に嵐のたとえもあるぞ
さよならだけが人生だ
ってな」
「有名な歌ですね。誰のだったかな」
「誰の歌かは知らん。板前してた頃に、客にふぐの肝《きも》を出してやったら、そいつはこれ歌いながら食った。こうも言ったよ。ふぐを知らずにメザシ食って百まで生きるか、ふぐの肝食って、酔って眠る方を取るかって。な？　ここだよ、ここっ」
「ええ」
「花に嵐のたとえもあるぞ、だ。メザシ食って長生きしようと思ってても、台風で看板が飛んできて、そいつに当たって死ぬかもしれないじゃないか。私なんか、それでびくびくして暮らすくらいなら、今晩酔っ払って眠れる方を選ぶね。明日の朝目がさめるかどうかなんて、知ったこっちゃない」
福来は、おれの弱いところを鋭く突いてきた。

「私は、病院にいても、飲みたいときは飲むんだよ。あんた、病院にいたら飲めないと思ってただろ」

「ええ、それは」

「こんな市民病院。別に地雷原《じらいげん》が前にあるわけじゃなし。ひょいっと出りゃあ、もう酒屋があるんだ。ちょっと歩いたらもう赤提灯《あかちょうちん》だらけだ。私は赤河にマークされてるから、あんまり飲みには出ないがね。なに、ちょっと口淋しくなりゃ、この病院の中にアルコールがプール一杯ぶんくらいあるんだ」

「ということは、飲む飲まないは、環境《まわり》の問題じゃないってことですか」

「アル中の閉鎖病棟はちがうよ。あそこはそりゃ、監獄といっしょだから」

「はいったことあるんですか」

「あるよ。もう七、八年前だな。そこでは、ヘアトニックだの香水だのリゾール液まで飲んでる奴もいた。アルコールがはいってるからね。私も少しは飲んでみたが、とても飲めるようなもんじゃない。それに比べりゃ、この薬用アルコールのうまいことったら、あんた」

　福来は、おれが置いたコップを取ると、一気に半分くらい飲んで、ワサビの塊でも食ったように顔をしかめた。

「つう〜っ、効《き》くよ、これは」

「福来さんは、シアナマイドはやらなかったんですか」

「シアナマイド？　ああ、やったよ」

シアナマイドは抗酒（嫌酒）剤である。これを服用すると、体内でアセトアルデヒドを分解する能力が弱まる。アセトアルデヒドは、二日酔いの元凶《げんきょう》になる物質で、アルコールの分解過程で出てくる。これを酸化する酵素《こうそ》が阻害されるために、シアナマイドを飲んだあとで少量でも酒を飲むとひどいことになる。顔はまっ赤に膨張し、息ができなくなり、吐き気がする。二度と酒を見るのもいやな気持ちになるという。

「二回目の退院のあとだったかな。断酒しようっていうので、シアナマイドを毎日服用してたんだ。たしかにあれを飲んでから酒がはいると、死んじまうような二日酔いになるね。ただな、あんなもな、酒飲む気になれば、捨てちまえばいいんだよ、あんた」

「………」

「私がシアナマイド捨ててるのに、女房の千恵子の奴が勘づいたんだな。こっそり砕いてメシに入れてたことがあった。ふぐ屋で客につがれたビール飲んで、ひどい目にあったよ。あのときはあんまり腹が立って、どっか、線が切れたんだろうな。一番信用してた奴に毒薬盛られたんだからね。足腰立たないくらいに殴りつけてやったよ。二、三ヵ月帰ってこなかったなあ。はは、その間、私はアルコール天国さ」

「…………」

「酒はどこに行ってもあるわけだ。現にこうやって飲んでるじゃないか。回教国か何かに生まれれば別かもしれんが、今の日本じゃ、酒は水か空気みたいなもんだ。どこへ行っても目の前にあるんだ。そんなところで断酒なんかができるかね。十二年断酒したあげくによけいみじめになるくらいなら、私は飲むよ。死にかけの体の機嫌をとりながらね。私は酔ってるときだけが、生きてるときなんだから。誰が断酒会なんぞにいくもんか。へっ。未練たらしい」

福来は、コップの残りをぐびっとあけて、火のような息を吐いた。

「さて、帰って寝るか。このエチル百パーセントはね、腰にくるからほどほどにしとかないと。これでいい夢見て眠れば、明日の朝にゃアルコールの気配も残ってない。どうだい、けっこう私だって自制が効いてるだろうが。途中で止められるんだからな。どうだい小島さん。こんど一緒に出んかね。こんな霊安室じゃなくて、生きてるかわい子ちゃんが水割りつくってくれるようなさ。いい店があるんだよ、駅の裏にさ。ん？」

霊安室を出る福来の足は、少しよろめいていた。顔色は、もともとの土気色《つちけいろ》に朱がさして、赤紫のレンガのようになっていた。

〈十四〉

ある日、例によって病棟を散歩していると、新館の二二四号が、空《から》になって、きれいに掃除されていた。「夜泣き爺い」こと住吉篤二郎老人がいた部屋だ。「ぼちぼちあぶない」という福来の一言をおれは思い出した。

喫煙室へ行ってみると、案の定、三婆がより添って、ひそひそと話をしている。おれは話に割ってはいった。

「あの、いま二二四号の前を通ったんだけど……」

三婆がいっせいに顔を上げておれを見た。

松おばさんが異常に強い目の光を放ちながら、小声で言った。

「昨日のね、夜中の三時くらいだったらしいよ」

「ああ、そうなんですか」

「ぼく、目が醒めなかったのかい。看護婦の走りまわる音とか、キャリーががらがら進む音とか、けっこうやかましかっただろうに」

「いや、全然気がつかなかったな」

「若い子は眠りが深いんだねえ。あたしなんかいっぺんに目がさえちゃったからねえ」

「何言ってんのさ。いっつも四時くらいに起きてごそごそしてるくせに」

梅おばさんが口をはさむ。

「年寄りは朝が早いんだよ」

竹おばさんが調子を合わせる。

「そう。イヤホンで、〝朝の浪曲〟とか、〝ルーテルアワー〟とか聞くんだよ。まわりのもんはえらい迷惑だよ。だいたい、あんた、〝明るい農村——苗の活着《かっちゃく》について〟とか聞いて、何するつもりなのさ」

「うるさいねえ、お前たちは」

三婆の話は放っておくとどこへいくかわからない。

「昨日亡くなって、今日はもう片づいてるんですね」

「そうさ、さっぱりしたもんさ」

「もう、あの夜泣きも聞けないんですねえ」

「ま、それだけはたすかるけど。あっけないもんだねえ。こわい人だったけど」

「こわい人？」

「言わなかったっけ。住吉篤二郎って、裏手にある女学校の校長してたんだよ。あたしが教えてもらった頃は、まだ古文の先生だったけどね」

「あ。生徒だったんだ」

「あたしんときはもう教頭になってたよ」

と竹おばさん。梅おばさんは黙っているので違う学校のようだ。

「塩つからいダミ声でねえ。教鞭《きょうべん》で机叩いて調子とりながら古臭いこと言うんだよ」

「君に忠、親に孝、とかね」

「貞女の鑑《かがみ》がどうたらこうたら、とかね」

「あたしたち、こっそり〝馬賊〟って仇名《あだな》つけてたけどね。満州浪人だったって聞いたことあるから。がらがら声で、よく叱りとばされたもんさ」

「あの頃から喉がおかしかったんだねえ」

「喉頭ガンの全身転移だろ？」

「三日前くらいからあぶなかったんだよ。あたしゃ、看護婦詰所で立ち話を聞いたもの。住吉さんがステるかもしれないって」

「ステる？」

「看護婦の間の隠語だよ。死ぬことをステるっていうんだよ」

「よく知ってますね」

「あたしゃこの病院のヌシだからね」

「それで大ナマズみたいな顔してるのかい」

「うるさいっ」

「でも、先生も、こうやって人の口の端《は》にでものぼるだけいいよねえ。教師やってた役得ってもんだ」

「そうですか？　死んじゃえばいっしょでしょう？」

「そんなことあるもんかね。人が憶えていてくれるってことは、その人は生きてたかいがあるんだよ。ベートーベンだのバッハだのって、今でもみんなにほめられて、自分の作った曲が歌われて。生きてたかい、苦労したかいがあるってもんだよ」

「それはそうかもしれない。作品が残るってことは自分のどっか一部が生き残るってことですからね」

「そうだよ。だから苦しくてもおっきなもの残した人は生きたかいがあるんだよ。〝大菩薩峠《だいぼさつとうげ》〟書いた大仏《だいぶつ》次郎なんか最高だよ、あんた」

「〝大菩薩峠〟書いたのは中里介山《なかざとかいざん》じゃないですか？」

「いいやっ、大仏次郎だよっ」

「それは〝おさらぎ〟って読むんだと思うんですが……」

「ほぉら、ちかちゃん。若い人相手に賢こそうなとこ見せようとするからボロが出た」

梅おばさんと竹おばさんがケタケタ笑うと、松おばさんは意外なことにまっ赤になった。

「おだまりっ。人が亡くなった日くらい静かにできないのかね、あんたたち」

「きゃははは、だいぶつ、だいぶつ」

「いつまでも笑ってると、あんたたちに順番がうつるよっ」

「……。ちょっと変なこと言いっこなしだよ」

梅・竹おばさんはややひるんだ様子だ。

「何ですか、順番が移るっていうのは」

「一回死人が出るとね、続くんだよ」

「まさか」

「いや、ほんとだよ。死人ってのは、呼ぶっていうか、死ぬのがうつるっていうのか。ほんとに一人死ぬとたて続けに続くんだよ。飛行機事故だってそうだろ？」

「そう言われれば……」

「当直の看護婦にもね、そういうのがあるんだって。〝ツイてる〟って言うらしいけどね。たとえば昨日の当直は池田さんだろ？　一回ツクと、なぜだかそれ以後も池田さんが当直の日に限って死人が出るんだって。だから看護婦さんは、ツイてるのがわかるとお祓《はら》いにいくらしいよ」

「へえ。こんな近代的な病院でねえ」

「とにかくね、見ててごらん。ここ一週間以内に、必ず一人は仏さんが出るから」

「そりゃあ、だって救急車で、すでに危篤《きとく》状態の人が運ばれてくるんだから、亡くなる人が出たって不思議じゃないでしょう」

「いや、そんなんじゃなくて。この病棟の、このフロアから出る」

松おばさんは、意地になっているようだった。

「そんなことはないでしょう。この二階のたいていの人は知ってるけど、夜泣き爺さん以外には今日明日って人はいませんよ。そりゃ西浦さんなんか、もう九十何歳だからわからないけど」

「ぼくね、そんなこと言うけど。ここは病院なんだよ。普通の人よりは〝死にやすい〟人間ばっかり集まってんだからね。人間なんて、殺そうと思ったらなかなか死なないけど、何かのはずみで死ぬっていったら、こんなあっけないものはないんだからね」

「この一週間以内に、二階の誰かが死にますか」

「ああ、まちがいないね」

「じゃ、賭けましょう」

「え？」

おれはこういう不謹慎なことが大好きなのだ。

「死人が出ない方に千円」

「よし。じゃ出る方に千円」

松おばさんが賭けにのった。

「あたしも出る方に千円」

「あたしも」

梅・竹おばさんものった。

「悪いわねえ、三千円も払わせちゃって」

「三千円かあ。ね、天ぷらうどんでも取って食べようか」

「あたしはおそばがいいな」

「ええい、何でも好きにしてくださいよ」

そう言ってから、おれはハッとなった。

もし、その死人がおれなら、この賭けはどうなるのだろう。


ただ、おれは日ごとに死から遠ざかっているような気がしている。

初めてフケが出た日を境に、目に見えて体調が良くなっていくのだ。

今朝、起きるときに、何だか奇妙な感覚を覚えた。何かがジャッキで腰を持ち上げているような感覚があるのだ。うつ伏せに寝ていたおれの腰のあたりで、シーツと体の板ばさみになって疼痛《とうつう》を訴えているものがある。

おれは、あおむけになって腰に手をやり、そいつの正体を確かめた。

「春がよみがえってきやがった」

ここ三年ほど、おれはインポテンツだった。

というより、自分がインポであることを確かめることからさえ遠ざかっていたのだ。フケも出ないような体に、性欲がおこるわけがない。

性欲に煩《わずら》わされないのは、実に快適なことだった。人間の大きな煩悩《ぼんのう》がひとつ減ったわけで、高い山から下界を見おろしている仙人のような気分になる。

性欲をもてあましている人間と話をすると、同情と優越感がいつも同時に湧いた。おれは、そういうものは卒業した。解脱《げだつ》したんだ、とほくそ笑んだ。ところが、それは「解脱」ではなくて、ただの「衰弱」だったのだ。

「やれやれ」

おれは自分の春の兆《きざ》しを握りしめながら、ため息をついた。それからトイレへ行って、ほんとうに何年ぶりかの自己処理をした。

昼にも一度した。久し振りのことで、なつかしかったのだ。

夕方に赤河が来て、首をかしげながら、

「血中蛋白が下がっている」

と言った。

おれは心の中で声を上げて笑った。嘘だろう？

体の調子が良くなるにつれ、おれの中で気になることが出てきた。

あの霊安室の一件以来、おれは酒のことを考えるようになったのだ。

それまでは、自分の衰弱と恢復《かいふく》の方に気が行っていて、酒のことなど考えも及ばなかったのだ。飲みたい、という欲求もまったく起こらなかった。

それが、あの日、目の前にエチルアルコールを突きつけられて、おれは酒の存在を意識してしまったのだ。もちろん盃は突き返した。突き返したコップには「あれ」がはいっていた。おれを痛めつけ、廃人にしてここへ放り込んだ「あれ」が。

酒を意識するようになったが、酒を飲みたいのかどうかは、自分でもわからなかった。小説やマンガに出てくるようなアル中は、酒が切れてのたうちながら、

「酒、酒をくれ」

と絶叫したりするが、実際はあんなものではない。

たとえば、腹が減っているときに、それまで忘れていた酒の存在を思い出した。あるいは、変に不安で、いらいらするときに、

「こういうときに一杯ウィスキーを飲んだら……」

という考えが浮ぶ。

すぐに打ち消すのだが、その考えは日常のあちこちで顔をのぞかせる。たまらなく飲みたい、というのではない。漠然と、ここで一杯飲んだら、と考えてしまうのだ。

おれの中には、そういう回路ができあがっているらしい。不安、苦痛が少しでも感じられると、「飲む」という回路にジャックインされる。

精神病理学で言えば報酬系の回路が確立されてしまっているわけだ。たとえばシアナマイドという薬は、飲めば苦痛を与えることで、この報酬系を破壊しようとする。ところが、猿ならばそれによって、酒を見れば逃げ出すという条件反射を身につけるだろうが、人間はそうはいかない。抗酒剤がどういう役割のものかという意味のわかる知能のある人間は、投与が強制でなくなったとたんにそれを飲むことを放棄し、もとの身近な報酬系にもどろうとする。福来がその良い例だ。

酒をやめるためには、飲んで得られる報酬よりも、もっと大きな何かを、「飲まない」ことによって与えられなければならない。

それはたぶん、生存への希望、他者への愛、幸福などだろうと思う。飲むことと飲まないことは、抽象と具象との闘いになるのだ。

抽象を選んで具象や現実を制するためには、一種の狂気が必要となる。福来が、おれにとってはしごく普通の人間に見え、そのためにくだらない存在にうつるのは、そういうことかもしれない。

彼はエサの出てくるボタンを何万回でも押し続ける猿のように、アルコールのために、ごく近い将来死ぬだろう。

おれはどうか。おれは福来を軽べつしつつ、同時に脅《おび》えている。おれは奴を怖れている。

「好きな酒を飲み過ぎて死にました」

「ああ、やっぱりねえ」

なんというさっぱりした会話だろう。福来の遺体は、例の霊安室に置かれ、次の日には灰と煙になる。もう、焼く前の瞬間から、誰も福来のことなんか憶えてはいない。酔いどれた夜々の記憶も、奴と一緒に焼かれるだけのことだ。ニューロンもシナプスも脳のシワも、すべてのメモリーは空にたちのぼる煙となる。誰も奴のことなど憶えていない。

人間はそれでいいのではないか。名前すらなく、飲んで飲んで飲みまくったあげく目詰まりのした「アルコール濾過器《ろかき》」として、よく燃えて骨も残さない、きれいさっぱりとした「具体」であって何がいけないのか。どうして人はアル中であってはいけないのか。えらそうな「人間」でなくてはならないのか。

おれは自分の中で、中学生がやるような自問自答をくりかえす。

こんな話は、誰にするわけにもいかない。

たとえば天童寺さやかにこれをすれば言下に言い放たれるだろう。

「死にたかったら死になさいよ。それはあなたの勝手でしょ。自分で決めて自分でやればいいでしょう。あたしに汚ないはねを飛ばさないで」

〈十五〉

屋上へ久しぶりに行った。

綾瀬少年の姿が昼から見えないので、また屋上で本でも読んでいるのだろう、と見《けん》当《とう》をつけたのだ。

屋上のだだっ広い空間には、シーツがはためいているばかりで、少年の姿は見えなかった。そのかわりに、西浦老がドーナツ様《よう》の補助器を使って、ゆっくりと屋上のフロアを回っていた。

「ずいぶん歩くんですねえ」

西浦老は顔中しわくちゃにした。

「どうやってこの屋上までのぼったんです？」

西浦老はあいかわらず、輝くような笑みをたたえながら、

「ああ、もう、えらいよってに。十周もまわったさかいに、いぬ（帰る）とこですわ」

と、ピントはずれの答えをした。

「いや。どうやってこの屋上までのぼったんですか？　階段で？」

「ああ。いや、新館の方のエレベーターで来たらな、こっちと地続きになっとりますのや」

「ああ、そうなんですか。よくこの屋上へ来られるんですか？」

「……え？」

「よく、この屋上へ来られるんですか？」

西浦老は、しばし考えていたが、やがてにこにこして答えてくれた。

「ああ。あそこはな、電話したら何でも出前してくれまっせ。チャプスイでも支那そばでもな」

「はあ、そうなんですか」

ポケットから煙草を取り出して火を点《つ》ける。くっきりと見える山影を煙でぼやかし

ていると、爺さんが、つんつんとおれの腰のあたりの布を引っ張った。

「はい、何です？」

「煙草、よんどくなはれ」

「え。何ですか？」

「煙草、よんどくなはれ」

どうやら、煙草を一本くれ、ということらしかった。「ご馳走を呼ばれる」という言い方を聞くが、「呼ばれさせてくれ」が「呼んどくなはれ」らしい。おれはピースを一本、西浦老に差し出して、火を点けてやった。

西浦老は、歯の抜けたあたりに吸い口をはさんで吸いつけ、鼻の穴と口から同時にゆるゆると煙を吐いた。

「こらあ、ええ煙草や。おおきにごっとさん」

おれは、西浦老と話すこつを覚えた。耳元で、おっきな声でしゃべればいいのだ。こっちが考えるほどぼけているわけではない。耳が遠いだけなのだ。

「西浦さん、喫煙室にもあんまりこないけど、ほんとは煙草好きなんですね」

おれは、老人の耳もとに口を寄せて、大声で一音一音ゆっくりとしゃべった。

「ああ、煙草は好きやけど、わたしらみたいな年寄りが行ったら、若いもんは気が詰まるからなあ」

「そうですか？　話、合いませんか」

「ああ。合わんちゅうより、知らんふりするのが難儀《なんぎ》でなあ」

「知らんふり？」

「うん。若い人は、いろいろ自慢なことがありまっしゃろ。わかの知っとうことととか、したこととか。たいていは私ら年寄りは知っとることやさかい、それを、知っとるっちゅうたら、またこれはどもならん、ケンノンなこっちゃさかい、黙っとるのがええ。そやけど、知っとることは、えばりたいのが人間の業《ごう》じゃさかいな。そういうときは、おらんようにするのがええんですわ」

「はあ、なるほどねえ。たとえば、どういうときに口出ししたくなります」

「そうやなあ。たとえば、あの山が見えとるやろ。あの辺は、昔はよう猪《しし》が出よったんや」

「猪が、ですか？」

「うん。今でもたんまに里へ降りてきよるが。二十年くらい前かのお。ちょうどわしが入院しとったときに、今の部屋のあの吉田さんが入院してきよったんじゃ。山道でシシをはねて、崖に車ごとおちよったんや」

「あら、まあ」

「新聞にものりよったよ。それで吉田さんは得意んなって、毎日毎日、そのシシの話をするんや。けど、わしら小学校の時分、シシに会うのはしょっちゅうのことで、ようカネたたいて山登りしよったで。当時はクマも出よったで」

「クマが出たんですか」

「ああ。山の方の子は、クマがでると駐在さんに知らせてな。村内で鉄砲持っとるもんはみんな山狩りや。勢子《せこ》もようけ出て、そら、にぎやかなことや。三度に一度《いっと》くらいは、仕止めよったんやないか。それをさばいて、クマの脚一本とか、シシの断《た》ち割りとかを荷車にのせて、街まで売りに行くんや。大正中期《なか》まで、有名なももんじ屋があったからの、街には。ええ金になったそうや」

「そういう話を、したいのに黙ってるわけですか」

「言うたからというて、誰の得になるもんやないでしょうが。昔の、もうすんだ話や。そんなこと言うても、シシひいて興奮しとるもんは、爺い余計なこと言いよって、ちゅうて、恨みよるだけや」

「ふうん。でも、えらいですね、そうやって黙れるってのは」

「えらいかどうか知らん。なんぼ言いたいか知らんが、そんなものは人に言わんでもええ。石に向かって言うとったらええんや。ほしたら嫌われいですむやろ」

おれは、このじいさんを、もう一回よく見た。チンパンジーそっくりの、あいかわらずシワだらけのじいさんだ。威厳はどこにもない。ちょこんと補助器にすがって、にこにこして山を見ているだけだ。

「西浦さん、いま、九十四。満で九十四？」

「百まではいきますよね」

おあいそを言った。

「さあ、どうやろお。神《かん》さんも、こんだけわしをしわぶって楽しんだんやから、もうあんまりむごいこともせんかもしれん。けんど、百までも生きとうない。すうっと死にたいが、それはまたそれで、そんなこと思うたらいかんのや」

「どうしてですか」

西浦老は、眉をひそめておれに秘密を打ちあけた。

「神《かん》さんはな、意地が悪いんや。生きたいもんは死なすし、死にたいもんは生かしよるし。そやから、長生きしよ思たら、長生きしたい思わんこっちゃ。わたしら、何回戦争行っても、いっつもそうやった」

「ふうん。そんなもんですか」

「生きたい生きたい言うてる奴が、よう死によるから、余計そう思うんかもしれんけどな」

「西浦さんは、じゃあ、今、そういうことは考えないようにしてるんですね」

「そうやなあ。朝のまんま食べたら、昼のまんま待って。わたしら、水菓子が好きやから、はよう秋になって梨が出てくれんか、とかな。ご飯とご飯のあいだを、うまいこと縫うて次までいきよるさかい、長生きなんやろうなあ」

西浦老の補助器を押しながら、夕食が近い階下へ、おれたちは降りていった。

夕刻、赤河がおれのベッドに来て、明後日、肝生検《かんせいけん》の手術をする、と言った。


〈十六〉

台に乗せられて、外科病棟へむかって運ばれていく。

なにもそんなたいそうなことをしなくても歩いていけるのだが、そうするのがきまりらしい。

被手術衣を着せられていた。

ライトが煌々《こうこう》とついた手術室に通される。

うぐいす色の手術衣を着た医師が、四人ほど集まってきた。一人が注射器を用意する。

「麻酔を射ちますからね。ちくっとしますよ」

ちくっとした。

「はい。では数を数えていってください」

おれは一から声に出して数を数えた。

三十くらい数えたところで、とろんとしてきて口を動かすのが面倒になってきた。

四十へいくまでに、半分夢を見ているような状態になってきた。

それでも、おぼろげながら、自分が何をされているのかはわかる。

めくり上げられた腹のあたりが、冷たい布で拭かれ、何か先の細いもので印をつけられているようだ。目をあけて見るのだが、下半身にカヴァーがかけられていて、患者からは見えないようになっている。医師たちのうぐいす色の上着が、ぼんやりと見えるだけだ。

腹の一部にまた注射をうたれた感じがした。

ひょっとすると、切開されている痛みなのかもしれないが、何なのかよくわからない。

そのうち、重くて冷たいものが腹の上に乗って、ずんと骨にくる圧迫感があった。どうやら腹の中にパイプのようなものが打ち込まれたようだ。違和感がある。コンプレッサーの音がして、何秒間か、腹に圧迫感を覚えた。ガスを送り込んでいるらしい。いったんとまったコンプレッサーは、その後、医師の手の合図に従って、しゅっしゅっと断続的にガスを送り続けた。こちらからは見えないのだが、自分の腹が次第にふくらんでいくのがわかる。

おれは天井の四つ目のライトをぼんやりと見ながら思った。

「ダッチワイフだな、これじゃ」

半球状になったおれの腹に、この後内視鏡《ないしきよう》が入れられ、肝臓の表面が写真にとられたはずだが、その過程はよくわからなかった。

針を肝臓に突き刺されたときは、それがわかった。石油のボウリングの要領で、中空になった針を肝臓の芯《しん》まで突き刺して、断面層の組織を抜き取るのだ。

それは今まで感じたことのない痛みだった。内臓の炎症の痛みでもなく、外傷の鋭い痛みでもなく、鈍くて骨にくる痛み。ただ、声を上げるほどのひどい痛みではない。やたらに薄気味が悪くて、早く抜いてくれ、といった感じの痛みだ。

それがすむと、ガスが吸い取られた。風船玉のように腹がしぼんでいくのがわかる。人間の体はなんて簡単なんだろう、とおれは思った。福来が前にこの検査のことを評して、〝麦わらを突っ込んだカエル〟と言ったが、なるほどそんなものだった。手術台の上では、カエルも人間も何の変わりもない。

腹がしぼむと、縫合《ほうごう》が始まったようだ。ちくちく縫われる感じがあった。消毒をして、ガーゼを貼って、それで肝生検は終わった。

また、台に乗せられて病室へ帰る。

何本かの注射をうたれる。化膿止めや、鎮痛剤だろう。催眠剤もはいっていたのかもしれない。猛烈に眠くなってきた。麻酔をうたれたときよりも、はるかにもうろうとする。腹には穴があいているはずなのだが、さして痛みはなかった。痛みというよりは、鈍く重くしこっているような感じだけがある。

おれはベッドに寝かせられると一分ほどで眠りにはいった。エレベーターで際限《さいげん》なく降りていくような落下感があった。

いくつも夢を見たような気がする。

おれは屋上でフーゴー・バルやレーモン・ルーセルについて綾瀬少年と話していた。

「ジャリも面白いんだよ。〝超男性〟って本でね。自転車で機関車と対決する男の話だ」

「その男の行く跡には、いつでもバラの花が落ちてるんですね」

「おや、知ってるのかい」

「年をとるとね、たいていのことは知ってるもんですよ」

おれはぎょっとして綾瀬少年の顔を見た。

さっきまですべすべしていた彼の頬には、無数のシワが刻まれていた。彼は、巨大な歩行補助器につかまって、くるくるとまわっていた。

少年は、とても哀しそうな顔で微笑んでいた。

目が醒めると、次の日の昼前だった。

たっぷり十五、六時間は眠っていたことになる。腹の痛みで目が醒めたようだ。鎮静剤がきれてきたのだろう。小さいなりに、たしかに腹の中まで貫通した穴の痛みがあった。ナースコールで看護婦を呼び、注射をうってもらった。少し楽になる。トイレに立つと、何とか歩けることは歩けるのだが、雲の上を行くようにたよりない。考えれば、体にメスを入れられたのは初めてのことなのだった。

酔っ払っての喧嘩はけっこうあったが、せいぜいが打撲傷かかすり傷。一度チンピラに木材用の大型カッターで横なぐりに斬られたことがあったが、衣服は派手に裂けたものの、胸に深さ三ミリほどの傷がついただけだった。天童寺が一瞬のびていた間のことだった。その後、起き上がった天童寺は、かたわらの工事現場の標識を、おもしのコンクリートブロックごと持ち上げると、そいつでチンピラを後ろから殴りつけた。

天童寺の体はいつも傷だらけだったが、おかげでおれはたいしたケガも味わわずにきたのだ。手術のメスが一番深い傷だというのは情《なさ》けない気もするが、おれは運がいいのだろう。運の悪い方、痛い方は何もかも天童寺がひっかぶったのかもしれない。

何にしても、ちっちゃな穴ひとつあいたくらいで、この体のたよりなさは何だろう。昔、胃かいようで胃を半分くらい切り取ったことのある上司が真剣な顔をして言ったのを思い出した。

「小島君。人間の体というのはね、できることなら絶対に切らない方がいいんだ。うまくは言えないんだがね、いっぺん体を切ってしまうと、目には見えないんだが、そこから生気が抜けるというかね。オーラが欠けてしまうというかね。ずいぶん全体にガタがくるものなんだよ。ヤクザなんか、小指の先を切っただけで体中調子が狂うっていうよ。とにかく、なるべくなら、体に刃をいれるのはよした方がいい」

そのときは実感がなくて、〝じゃ、包茎《ほうけい》手術もだめですか〟と混《ま》ぜ返したりしたが、なるほど、人の言うことは聞くものだ。あの膨《ふく》れた腹から、ガスと一緒に何か別のものも抜けてしまったようで、体が底なしにだるい。

その後、三日くらいはその状態が続いた。ずっと鎮痛剤の投与を受けていたので、半分ラリった感じで、起きていても頭の中にワラが詰まっているようだった。

四日目になると、多少、意識がしゃんとしてきた。

五日目に、いつもの時刻に検診にまわってきた赤河が、おれの腹を乱暴にさすった。

「あつつつつっ」

「痛いか」

珍らしそうな顔で赤河が尋ねた。

「痛いか、じゃないでしょう」

「どれ、ちょっと見せてみろ」

赤河はガーゼをはがして、傷跡を見た。おれは上半身を起こしてのぞき込もうとした。

「こら、動くな。よく見えんじゃないか」

「おれにも見せてくださいよ」

赤河は手早く消毒をすませると、一瞬のうちに新らしいガーゼを貼りつけた。

「こんなものは見んでもいい」

「おれの傷なんだから、おれにも見る権利はあるでしょう」

「患者にそんな権利はない。抜糸するまでは傷は医者のものだ」

「変な理屈だな」

「もう肉芽《にくが》が盛り上がって皮も張ってる。来週には抜糸できるだろう。それからゆっくり見るんだな」

「ええ、言われなくても見ますよ」

「言っとくが、これは検査の跡で手術なんてもんじゃないんだからな。人に見せびらかしたりしたら、盲腸の患者にだって笑いとばされるぞ」

「わかってますよ」

「まあ、検査にしてはヘビーな方ではあるがな。どうだ、少しはこたえたか。そう何回もしたい気はしないだろう、この検査は」

「いや、まんざらでもなかったですよ。自分の腹があんなに膨らむとは思わなかった」

「いいものを見せてやろう。ついてこい」

赤河はそういうと、スタスタ歩き出した。おれはあわててガウンをはおってついていく。

赤河は、廊下を突き当たりまで行くと、三階への階段を昇った。「資料室」と札のついた部屋にはいる。医学書のずらりと並んだ本棚と、机が三つほどあった。そのひとつの上に、カラービュアーが一台置いてある。板面にポジフィルムなどを置いて、下からライトで照らして見る装置だ。

「まあ、座れ」

赤河は、ビュアーの置いてある机の席を、おれにすすめた。自分も腰をおろすと、横手の棚から大きな封筒を取り出し、ビュアーのスイッチを入れた。箱型の器械の、上部板面が白く輝く。

「痛い思いをしたんだから、自分の肝臓くらい見たいだろう」

赤河は封筒から何十枚かのポジフィルムを取り出した。

「肝生検の結果が出たんですか」

「ああ。組織の分析はまだだがな。内視鏡で撮った写真の方は、今日でき上がってきた」

「見せてください」

「そうあわてるな。腹をしっかりすえて見ないと、失神するぞ」

「そんなにひどいんですか」

赤河は袋の中から、おれの分厚いカルテを取り出した。毎日の採血や、採尿、さまざまな検査の結果が綴じられて、けっこうなかさになっている。焦《じ》らすようにそれを一枚一枚めくりながら赤河は言った。

「十七年間、毎日ウィスキー一本飲んだんだな。あんた、その間に自分の体に対して何をしたか、その結果を今から見るんだ。多少は覚悟してもらわんといかんよ」

「はい」

「その前に、これを見てみろ」

赤河は封筒の中の別ファイルからポジフィルムを一枚出し、ビュアーの上にのせた。

いる。

「これは、健康な人間の健康な肝臓だ」

闇の中に、ライトで照らされた肝臓がぷっくりと浮かび上がっていた。腹腔《ふくこう》の内部を撮ったのだろうが、他の臓器や腹壁は見えず、肝臓だけがみごとに浮かび上がっている。

濃く深いピンク色で、濡れてつやつやと光っている。変な話だが、それはとても〝うまそう〟な肝臓だった。

「いいな、よく見たな」

「はい」

「それとこれを比べてみろ」

赤河はそのフィルムの横に、別のフィルムを置いた。

おれは息を呑んだ。そこに映っているのは実に醜怪《しゅうかい》なしろものだった。全体に灰色がかっていて、クレーターのようなでこぼこがたくさんある。硬化した線維があちらこちらで節をつくり、無数に盛り上がっている。こぶだらけの物体。安物のSF映画に出て来る、「悪の惑星」のように焼けただれ、凹凸でおおわれている。

「これが、おれの肝臓なんですか」

おれはほんとうに失神しそうな気分になった。

「早とちりするんじゃない。これは重度の肝硬変の患者の写真だ」

「おれのじゃないんですか」

「あんたのじゃない。が、あんたにごく近い人のだ」

「え？」

「あんたのよく知ってる人の腹の中だ。思い当たる人がいるだろうが」

「…………」

「それ以上は言うなよ。これは医者の最低のモラルだ。個人の病状を第三者に教えることは絶対に禁止されている。そんなことをしたら、私はこれだ」

赤河は手刀で自分の首を切るまねをした。

「ま、進むとこうなるという例だ。こうなったら、もう手のうちようがない。そういう人もいるということだ」

「はい」

「あんたのはこれだ」

三枚目のポジがビュアーの上に置かれた。

おれは目を釘付けにした。自分の内臓を自分で見る、というのは奇妙な感覚だ。

闇の中に浮かんでいるおれの肝臓は、全体に灰色がかっていて不健康な色をしていた。ただ、さっきの写真のように、鬼瓦のごときでこぼこはない。むっつりと不機嫌そうな、顔色の悪い奴。これが自分の肝臓の印象だった。

「どうだね、初対面の感想は」

「色が悪いですね」

事実、端っこにある健康な肝臓と比べると、紅顔《こうがん》の少年と爺さんが並んでいる感じだ。

「そりゃそうさ。肝臓に化粧するわけにはいかんからな」

「はあ」

「この色が灰色っぽいのは、全体に脂肪がおおっているせいだ。それにこの糸のように白い部分がところどころにあるだろう。これは破壊された脂肪肝の細胞が線維化してしまった部分だ。こっちの肝硬変の写真がでこぼこしてるのは、この線維化した部分が全体をおおって、かちかちに固まってるからだ」

「というと、おれのはどうなるんですか」

「一言で言うと、幸いまだ肝硬変にまでは至っていない。その一歩手前といったところだな。まず、全体に極度の脂肪肝の状態になっていた。酒を飲む人はだいたい脂肪肝になるもんだが、普通の酒飲みなら半月も禁酒すれば脂肪はきれいに消える。あんたのはそんな生易しいもんじゃなくて、重度の脂肪肝だったんだ。おまけに線維化も一部起こし始めていた。その状態で連続飲酒の馬鹿飲みをしたもんだから、ただでさえ弱っている肝機能が追っつかなくなって腫れ上がっちまった。アルコール性肝炎だ。これは、馬鹿にはできないんだ。劇症の場合は急死することがよくあるからな。あんたももう二、三日飲み続けてたらどうなってたかわからない」

「はい」

「現在の状況を言うと、肝炎がおさまって、脂肪肝を残す程度に軽癒《けいゆ》した、といったところだ。ただ、この線維化した細胞は、もう元には戻らないぞ。これは一生残るか、飲めば増えていくか、そのどちらかだ。線維化が進めば肝硬変になる」

「その先はどうなるんですか」

「肝臓ガンに進むケースがある。ただ、ウイルス性の肝炎から肝硬変になった場合よりもアルコール性の場合はパーセンテージが低い。二〇から二五パーセントくらいだ。そのほかには静脈瘤、糖尿病、脳出血、急性心不全、免疫低下による肺炎。とにかく死ぬ要因は言い出したらきりがないくらいある。あんたの場合、そこまで至る一本道の一歩手前の分れ道まで来たところなんだ。わかるかね」

「はあ」

「飲めば死ぬ、とは言わん。医学的にはそれは言えないんだ。ただ、医学者としてでなく普通のおっさんの正しい判断として言えばだな、あんたは飲めば死ぬんだ。これはまちがいない。酒をやめない限り、肝硬変は目の前だ。一回こわれた内臓は、これ方に加速度がついてる。一度飲み出せば、あんたはすぐにもとのもくあみになってずっと飲み続けるはずだ。何だかんだ屁理屈《へりくつ》をつけながらね。飲みだせば、次の入院は早いぞ。十何年なんて悠長なことは、この次にはないぞ。すっぱり酒を断つしかないんだ、わかるだろ？」

「はあ」

「何だ、不満そうだな。何か言いたいことがあるのか」

おれの脳裡《のうり》には、福来のさしだしたエチルのコップがゆれていた。〝花に嵐のたとえもあるぞ〟か。

「先生。おれはアル中なんでしょ？」

「アル中じゃないと思ってるのか。ずいぶんアル中に関する本を読んだって言ってただろ。自分でどう思うんだ」

「アル中ですよ。先生がそうやって、内臓のことからしてくれる説明はよくわかるし、実際、背筋がぞっとする話ですよ。ただ」

「ただ、なんだね」

「この恐さが、いつまで続くかなんですよね。喉元過ぎれば熱さ忘れるっていうか」

「それならいい方法がある。この肝硬変のポジを一枚焼き増ししてやろう。そいつをいっつも額に貼りつけておくんだな」

「それじゃ社会生活できないですよ」

「じゃ、ずっと入院してろ」

「そしたら、飲まずに過ごせるかもしれないですね」

「なんだと?」

「社会生活が問題なんですよ。一歩病院を出たら、飲み屋やバーや自動販売機だらけなんですよ。病院の外はね、アルコールの海なんですよ」

「私にそんなこと言われても、どう答えろって言うんだ」

「だから、アル中ってのは、内臓とかそういうこともちろんネックなんだろうけど、もっとこう、何ていうか、内的な問題だと思うんですよ。なぜ、飲む人間と飲まずにすませられる人間がいるのかっていう。それがわかれば、ずいぶんとちがうと思うんですが」

「あんたはどう思うんだね」

「飲む人間は、どっちかが欠けてるんですよ。自分か、自分が向かい合ってる世界か。そのどちらかか両方かに大きく欠落してるものがあるんだ。それを埋めるパテを選びまちがったのがアル中なんですよ」

「そんなものは甘ったれた寝言だ」

「甘ったれてるのはわかってるんですが、だからあまり人に言うことじゃないとも思いますが、事実にはちがいないんです」

「欠けてない人間がこの世のどこにいる」

「それはそうです」

「痛みや苦しみのない人間がいたら、ここへ連れてこい。脳を手術してやる」

「先生、内科でしょ」

「そうだ、内科だ。だから、内科の医者としては、あんたにあんたの内臓の話をする。こうこうなってますよ、と。酒を飲んだらこうなりますよ、と。あとは精神科の領分だ」

赤河の言うことはもっともだった。おれは自分の肝臓が予想外に悪化していなかった嬉しさで、つい調子っぱずれに突っ込んだ話をしてしまったようだ。

「おっしゃる通りです。所詮《しょせん》は、自分の問題ですからね」

おれは席を立って目礼した。部屋を出ようとする背中に向かって、赤河が声をかけてきた。

「あんた、自分が人とちがってる、と思ってるだろ」

おれはゆっくり振り返った。

「誰でもそう思ってるんじゃないですか」

「いや。どうも私には鼻持ちならんのだよ、はっきり言うとね。たとえば、あんたは自分と他のアル中を比べてみて、どうだ。自分はなにか特別にデリケートで、特別に傷つきやすくて、そのせいでアルコールに逃げたんだ、とか、そういう薄気味悪いことを考えてるんじゃないのか。自分だけが、言やあ、天に選ばれしアル中、みたいな」

「そんなことも、あるかもしれませんね。でも、他のアル中もみんなそう思ってるかもしれないじゃないですか。それなら同じことでしょう。アル中になりやすい人間が、みんなそういう勘違いした我《が》を持ってるんでしょう」

「これは、私の領分外のことなんだが」

赤河は本棚に手をのばすと、厚い本を一冊取った。

「精神病理学の方では、いろんな見方があるんだ。昔のように、アル中を特定の精神病質とは考えていない。ただ、アル中になりやすい特定の性格だとか、素因については、いろんな学者がいろんなことを言っている。あんたがこれのどれにも当てはまらないんだったら面白いがな。精神病理学会の新学説の素材になれるぞ」

おれは興味を引かれて、もう一度もとの椅子に腰かけた。

「アル中になる性格ってのがあるわけですか」

「少くとも、学説としてはあるってことだ」

「どんな学説があるんですか」

赤河は本の頁をくりながら、ところどころで目を止めた。

「まずだな、精神力動学説から見た、アル中の性格特徴ってのがあるな」

「精神力動学説？」

「ああ、この派によると、アル中の特徴ってのは、まず、口唇的、依存的なパーソナリティタイプへの固着が見られる。次に、口唇的欲求を通して安全と自己評価への欲求を満足することを認める。さらに、強い罪悪感と、受け入れられない攻撃性が自分自身の身体へ向けられる、一種の慢性自殺であると」

「最後のは、メニンジャーの主張ですね」

「ほう、知ってるのか」

「幼児期の挫折体験に由来する攻撃性と罪悪感が原因で起こる、慢性自殺だっていう説ですよ。心理学者は何でも幼児体験のせいにしちゃうからね。慢性自殺だってのは認めますけどね」

「あんた、自殺したいのか」

「わからないんですよ。まあ、首くくるほどの勇気も動機もないのは確かなんですがね。なんか漠然とした自分への殺意みたいなものがあるような気もする。未必の故意ってやつかもしれないな。自分一人かたづけるのに、酒の力でも借りなきゃやってられないってとこもありますかね」

「どうしてそう屁理屈をこねたがる」

「だって、そのメニンジャーの学説は、まちがってるからですよ。たまたまおれにはその気配があるだけで、例外がいっぱいいるからね。それだって今言ったように、未必の故意みたいな漠然とした殺意で、言やあ狂言自殺みたいなものかもしれないじゃないですか。おまけに幼児期の挫折云々なんてわかったようなこと言われると、笑っちゃうよ」

「もっとすごいことも書いてあるぞ。最後のがまだあるんだ」

「何ですか、それは」

「潜在的同性愛である」

「何なんだそれは。笑ってすませられないな」

「学習理論によるアル中の解明、というのもあるな」

「学習理論ってのはつまりあれですね、パブロフの犬みたいな」

「学習理論というのはこういうことだ。人間の行動というのは報酬に基いて起こる。報酬がともなうならその行動は強化される。反対に懲罰がともなうなら〝負の強化〟、つまり避けたり止めたり、ということが学習される」

「そういう言われ方すると、人間もかたなしですね。やっぱりパブロフの犬だ」

「あんただって酒を見るとよだれを流してたんだろうが。犬の方がアル中にならんだけましだ」

「で、その学習理論によると、アル中はどういうことになるんですか」

「人間の心理状態というのは、いつでもホメオスターシスを保とうとする傾向がある。ホメオスターシスというのはつまり」

「均衡状態ですね」

「そうだ。ストレスによって心理が不安定になる。これをドライブ状態というが、人間はホメオスターシスを保つために、何とかしてドライブを軽減しようとする。その際に、アルコールを用いたとすると、アルコールは見かけ上のホメオスターシスをもたらす。こうして飲酒が学習され、ストレスのたびに強化されていく」

「ちょっと待ってくださいよ。それってつまり、酒を飲むと憂《う》さが晴れる。だから憂さを晴らすために酒を飲むって、それだけのことじゃないんですか」

「そう言っちまっちゃ身もふたもない」

「どうして普通のもの言いができないんですかねえ。ドライブだのホメオスターシスだの」

「パーソナリティ理論というのもあるぞ。これはアル中はパーソナリティの障害であって、共通の病前性格というものを持っている、というんだ。これを〝アル中性格〟と呼んでいる」

「そういう言われ方すると、わかりやすそうですね。どういうのがアル中性格なんですか」

「アメリカのカンタザロという学者の研究によると、こうだ。高度に感情的であること。対人関係において未熟であること、葛藤《かっとう》に対する耐性が低いこと」

「ふむ。当たってる」

「怒りの感情表現が拙劣である。権威に対するアンビバレントな依存心と攻撃性」

「ふむ」

「態度は尊大であるにもかかわらず自己評価が低い」

「尊大かな、おれ。自己評価はたしかに低い」

「完全欲、強迫性、孤立感が強い。性的役割が混乱している。これがカンタザロのあげた特徴だ。これに対してツバーリングがあげたのは」

「えっ。別の人は別のことを言ってるんですか」

「ツバーリングは、分裂気質、抑うつ傾向、依存性、敵対傾向、性的未熟性の五つをあげている。それに対して、スタンフォード大学のマッコードは」

「ええっ、まだあるの」

「活発で攻撃的で衝動的かつ反社会的な青少年はアル中になりやすい、としている」

「パンクスはみんなアル中なんだ。しかし、それを全部合わせたらどうなるんですか。当てはまらない人間なんか一人もいないんじゃないですか」

「英国のオルフォードは、こう言っている。アル中性格というものがあって、その人がアル中になりやすいとしても、その人が生育する社会環境の影響がきわめて大きい。その人がアル中にならないことも多い。つまり、どういう性格の人がアル中になりやすいかを予測するのは、〝きわめてむつかしい〟としている」

「わからないんじゃないですか、結局は」

「スタイナーの交流理論というのもあるが」

「もういいですよ」

「これで最後なんだがなあ」

「じゃあ聞きますよ」

「スタイナーの考えによると、アル中の基になっているのは〝ドント・シンク──考えるな〟という人生の脚本なんだ」

「人生の脚本?」

「これは幼児体験に根ざしている」

「またか」

「子供は、親と交流する際に、たとえば自分の思い通りの好きなことをしていると、親から叱られてしまう。そのうちに、子供は自分が本質的には親の望むような〝よい子〟ではない、ということに気づいてしまうんだ。で、子供はありのままにふるまうことをやめて、自分なりの〝よい子の脚本〟を採用し、それにしたがって行動し始める」

「アル中の場合はどうなるんですか、その脚本は」

「アル中の場合、たとえば親の言っていることと事実との間に、明らかに相違がある、矛盾があることが多い家に育つわけだ。子供はそれに気づくからそれを指摘する。すると、子供は黙ってなさい、とか、生意気を言うな、とか叱られる。この際、子供にとって一番いい脚本は〝考えるな〟という脚本なわけだ。大人になってからも彼はこの脚本に支配されている。アル中になるのは、この〝考えるな〟という脚本にとってはぴったりのやり方なわけだよ」

「やれやれ。先生、おれは前から思ってたんですがね」

「何だね」

「心理学とか精神分析ってのは〝科学〟なんですかね」

「少くとも精神病理学は医学科の中にはいっとる」

「科学ってのは、理論があって、それを証明する事物なり現象なりがあって、しかもそれが再現可能だってことでしょう」

「その通りだ」

「たとえばフロイトは無意識とか夢判断とか性欲期の理論なんかをたてたけれど、ユングは別の説をたてたわけでしょう」

「その通り」

「天動説と地動説は、科学的に決着がつくけれど、フロイトとユングはどうして決着がつかないんですか」

「うん、それは話せば長い話で」

「夢を分析して、これは幼児期の両親の不仲が投影しているのだ、なんてことを言われても、それを誰がどうやって客観的に証明するんですか。患者が虚言症《きょげんしょう》だったらどうするんですか」

「それは……」

「アル中ひとつ解明するのに、何でそれだけいろんな学説が出ていて、幼児体験だの学習理論だのパーソナリティだの、どれが正しいかどうして決着がつかないんですか。天然痘《てんねんとう》が消滅したのは、免疫学が客観的な科学で、しかも正しかったからでしょう。証明しようのない心の中のことを、あれこれ言いたい放題に言って、誰も責任を取らないってのは、いったいそんなものを科学だと言えるんですかね」

「しかしな、ことアル中に関して言えば、昔はそれこそ隔離病棟にぶち込んで断酒させるだけが療法で、アル中は〝気違い〟だと思われてたんだ。十九世紀のフス以前は、アル中は〝罪人〟だとされていた。一歩ずつ解明されていってんだ。それにつれてよくなっていってる。あなたみたいに白か黒か、今すぐに決着つけろって考え方じや、昔に逆もどりしてしまう。科学は気が長いんだよ。精神病理学もしかりだ。わからないことや誤った学説が多いからってそうクソミソに言われたんじゃ、科学者も医者も立つ瀬がない。ことに精神病理学の医者なんてのは、現場で地を這うようにして、人間相手の研究を続けてるんだからな」

「わかりましたよ。口が過ぎたかもしれない。ただね、おれはアル中だからね、わかるんですがね。学者はどんなにアプローチを変えてもアル中の本態にまでは近づけないですよ。それを幼児体験だの、わかったような分析をされるとおれは頭にくるんですよ。アル中のことがわかるときってのは、ほかの中毒《アディクト》のすべてがわかるときですよ。薬物中毒はもちろんのこと、ワーカホリックまで含めて、人間の〝依存〟ってことの本質がわからないと、アル中はわからない。わかるのは付随的なことばかりでしょう。〝依存〟ってのはね、つまりは人間そのもののことでもあるんだ。何かに依存していない人間がいるとしたら、それは死者だけですよ。いや、幽霊が出るとこを見たら、死者だって何かに依存しているのかもしれない。この世にあるものはすべて人間の依存の対象でしょう。アルコールに依存している人間なんてかわいいもんだ。血と金と権力の中毒になった人間が、国家に依存して人殺しをやってるじゃないですか。連中も依存症なんですよ。たちのわるいね。依存のことを考えるのなら、根っこは〝人間がこの世に生まれてくる〟、そのことにまでかかっているんだ。心理学者だけの手におえるようなもんじゃないでしょう」

「ほんとに屁理屈の多い奴だな。仏心出して心理学につきあってやった私が頓馬《とんま》だった」

「いえ、先生には感謝してますよ」

「それが感謝してる顔か。で、どうなんだ」

「何がですか」

「酒はどうするんだ」

「まだ、考えてます」

「ま、飲みたきゃ飲むんだな。生きるの死ぬのの選択にまで私は口は出せんからな。何てったって、ただの内科医だ。飲んで死にたきゃ、そうするさ。やめるつもりなら、断酒会を紹介してやる。もういいから、行けよ」

赤河は疲れた顔で、あごをしゃくった。

〈十七〉

週が明けて抜糸がすんだ。

へその横一・五センチほどのところに、こんもりと盛り上がった傷跡がある。

検診に来た赤河におれは言った。

「縫ってしまわずに、ずっとパイプを通しとくってことはできなかったんですかね」

「そんなことをしてどうするんだ」

「毎日自分で見るんですよ。腹の中がいつでも見られるってのは、ちょっと素敵《すてき》じゃないですか。肝臓を見てると、自戒の念も湧く」

「ああ、いつでもやってやるぞ。あんたな、身内に人工肛門つけて苦しんでる人間がいたら、とてもそんな冗談言えないぞ。いいとも。いつでもパイプ通してやる。そしてそのパイプからイトミミズをいっぱい流し込んでやる」

「先生、ものすごいこと考えますね」

「誰かさんみたいに屁理屈ばっかり考えるのは得意じゃない」

「この前、口ごたえしたから怒ってるんだ」

「怒っとるもんか。ものが考えられるのは元気になってきた証拠だ。それ以上元気にならんことを祈るがね。こらっ、本なんか読んじゃだめだっ！」

赤河は首だけねじ曲げて、向こうの綾瀬少年を怒鳴りつけた。

少年はびくっとして、持っていた本をシーツの上に置いた。ここ二、三日、調子が悪いらしく、しょっちゅう点滴をうたれていた。ひどく冷え込んだ日に、屋上に長時間出ていて、それで調子を崩したらしい。

赤河は、綾瀬少年のベッドのかたわらに行き、脈をとり、聴診器を当てた。

「ここんとこ、ずっとメシを残してるだろう」

「点滴うつとお腹《なか》がすかないんですよ」

「メシも食えん人間が、本なんか読むんじゃない。キューリー夫人じゃないんだからな」

「はい」

「何を読んでたんだ」

「宮沢賢治です」

「そんな刺激の強いものはことにいかん」

少年は赤河の冗談に、目だけで笑ってこたえた。

「熱が下がらんな。おしっこは出てるか」

「あまり」

「今日の夕方までに一回も出ないようだったら言いなさい。導尿《どうにょう》するから」

「カテーテルを入れるんですか。いやだなあ、あれは」

〝導尿〟には、バルーンカテーテルという器具を使う。チューブを尿道に差し込んで膀胱《ぼうこう》内へ入れるチューブ管には風船がついていて、これを生理食塩水でふくらませ、膀胱内に管を固定する。おれは近親の入院中に何度か見たことがある。綾瀬少年くらいの年の子がいやがるのも無理はない。

「なんだ、私の導尿じゃ不満か」

「そんなことありません」

「きれいな看護婦さんに代わってもらおうか」

「やだな、先生」

「一応原則としては導尿は医師がやることになっとるが、張ってきて苦しいときはナースコールしなさい。恥ずかしいの何の言っとる場合じゃないぞ。わかってるね」

「はい」

元気のない綾瀬少年を見ていると、日に日に恢復していくおれの元気を、半分わけてやりたいような気もした。

フケが出始め、春がよみがえったときも驚いたが、体が運動を欲しているのに気づいたときも意外な気になった。

何日か、どうも寝つきの悪い夜が続いた。例の夜泣きが聞こえなくなったせいで逆に眠れないのか、とも考えたが、そうではなさそうだった。眠るためにはある程度の体の疲れが必要なのに、ごろごろしているものだから力が余ってしまっているのだ。つまりは、余分なエネルギーが貯まるほどに元気がついてきた、ということだ。

おれは、病棟内の散策を延長して、病院の外も歩いてみることにした。厳密に言うと、外出するときにはたとえ散歩であっても必ず外出届を詰所に提出しなければいけない。急な検査のときに当の患者がいないと困るからだ。

だが、いまは入院当初のように検査漬けではなく、日課の採血や検温程度になったので要領はわかっている。面倒な届けをせずに、タイミングを見ては小一時間くらいの散歩をするようになった。

駅前から市場、商店街をぶらぶらしてひとまわりしてくると、ちょうど四十分くらいの散歩になる。おれは、日中より夕方の散歩のほうが好きだった。病院の夕食は四時半なので、食後にゆっくり散歩すると、夕焼けのグラデーションを楽しみながら帰ってこれる。

消灯の九時前までに、夜の散歩をすることもあった。ただ、困るのは、あまり遅くに歩くと、腹が減って逆に眠れなくなることだった。病院の食事はあいかわらずおかゆで、普通にしていても消灯時には空腹になる。買い置きのスナックなどをつまんで、すきっ腹をだましだまし眠るのだ。

ときには無性《むしょう》にそばが食べたくなるときもあった。もともと麺類が好きだったのだが、酒びたりになってからは食事はほとんど喉を通りやすいそばだけだった時期がある。「アル中で麺類中毒」と冗談をよく言った。

病院では、麺類が出ることはほとんどないし、あっても冷えて、伸びている。

ある夜、ついにおれは我慢しきれなくなった。

九時過ぎに看護婦の消灯確認があり、一時過ぎにも、夜中のラウンド（見回り）がある。その間に行って帰ってくれば問題はない。

おれはジャージの上にセーターをはおって病院の外へ出た。

半ば消えかかった駅前の商店街の灯りの中で、数軒の飲食店が寄り添って店をあけている一画があった。そのうち一軒のそば屋が十時半までやっているのを確認してあった。

のれんをくぐった。

こんな時間なのに、店内はけっこうにぎわっている。煙草の煙がたちこめ、客が交わす会話がにぎやかだ。ぷんとおでんの匂いがした。

空いている二人用の卓に陣取って、あらためて店内を見まわした。そばを食っている客は一人もいない。全員、小鉢の肴《さかな》を相手に、酒やビールを飲んでいる。メニューを見ても酒の肴ばかりだ。この店は、夜は呑み屋になっているのだ。それで営業時間が遅いわけである。

白い業務服のおばさんが、忙しそうに注文を取りにきた。

「はい、何にいたしましょう」

「えっと、そばはできるんですか」

おばさんは迷惑そうな顔もせずに笑った。壁にかかっているメニューをさして、

「できますよ。通し揚げしますんで、少し時間はかかりますが」

おれは、壁にあるそば屋本来のメニューを見渡した。

「じゃあ、天せいろをください」

おばさんは伝票に書き込みながら、笑顔で尋ねた。

「お飲みものは?」

「ビール」

言ってしまってから、おれは、〝はてな〟と面妖《めんよう》な気になった。それはギョッとしたとか、はっとした、という感じではなかった。〝ビール〟という一言も、何の抵抗もなく、ゼリーが容器から出てくるようにツルンとした感じで出たのだった。

考える間も、悔やむ間もない間に、おばさんがビールの大壜とグラスを運んできて目の前に置き、一杯目をついでくれた。

「ごゆっくりどうぞ」

グラスもていねいに冷やされていたのだろう。しっとりと外側に汗をかいている。少し冷やし過ぎなのか、泡の厚みが薄かった。

おれは、約三秒ほどそのグラスを見つめていた。それから、手に取って、口へ持っていった。福来にエチルを突きつけられたときのような抵抗感はまったくなく、むしろあっけない感じがしたほどだった。

大きく開いた喉に、鋭く細やかにとげを立てて液体が流れ込む。おれは息が苦しくなるまで、ごくごくとビールを流し込んだ。

「ぷう」

息をついて口もとの泡をぬぐったときには、グラスは空になっていた。

「こんなものなのか」

禁を破った罪悪感もなければ、何十日ぶりかで飲む酒に、禁断の魔味、感動的うまさがあるわけでもなかった。それは、うまいことはうまいけれど、飲みなれたいつものビールの味であり、心の裏手の方でちりちりと蠢《うごめ》いている後悔の念が、かすかな味つけをしているだけだった。

「まあ、脱走祝いの特別配給と。そういうことにしておこう」

何となく苦い気分で、おれは二杯目のビールをついだ。

三杯目を干した頃に、胃の底の方に、ぽっとバラ色の火がともったような感じがあった。妙になつかしい感覚だった。

そばはなかなかこない。

この時間にそばを注文する客はほとんどいないので、釜を沸かすところから始めているのかもしれない。

ビールの最後の一杯を注いだところで、奥の厨房から、天ぷらを揚げる威勢のいい音が聞こえてきた。それを聞きつけた他の客が、こっちも天ぷら盛りふたつとわめいた。

そばが運ばれてきた。机の半分がた埋まるくらいの大仰《おおぎょう》な角盆に、天ぷら、そば、つゆ、薬味が乗っている。きつね色に揚がった天ぷらを見ていると、おれの中でうずくものがあった。

「ビール、もう一本」

他人の声のようだった。

「はい、おビール追加ですね」

おばさんが伝票に書き込もうとするのを、おれは手で制した。

「あ、やっぱりやめとく」

おばさんが伝票から顔をあげて、おれを見る。おれは言った。

「ビールはやめとくよ。日本酒にしよう。日本酒を冷やで」

「お酒、冷やですね。一合壜と二合壜とありますが」

「じゃ、おっきい方を」

注文しながら、おれは自分の中で自分に話しかけていた。

「ほろっとでも酔わないのなら、最初っから一滴も飲まなけりゃいいじゃないか。そうだろ？　二、三合飲んで、楽しくなったところで病院に帰って眠ればいい。そのくらいなら匂いなんて残りゃしない。二日酔いもない。そりゃ、γGTPは上がるだろうよ。結局は赤河にばれるだろうが、そのときは、何とでも言うさ。ビール一本飲んでみて、それでやめられるかどうか試してみたんだ、と。そう言やいい」

すぐに大徳利にはいった冷や酒が運ばれてきた。猪口《ちょこ》が添えてある。おれはそれを下げてもらって、かわりにコップをもらった。

コップに透明な液体をいっぱいに注ぎ、口もとへもっていく。細く長い滝を、噛みながらゆっくりと流し込む。半分くらいを一息で飲んだ。胃の中の小さな火が、野火のようにだんだんと燃え広がり、胃全体があたたかくなった。胃はおれの体の中で、猫のように気持ちよさそうなまどろみを始めた。酔うというのは、体が夢を見ることだ。

おれは、結局そばにほとんど手をつけず、その店で酒だけを飲んだことになる。かっこうがつかないので、天ぷらを一本かじり、そばを二口三口たぐった。腹がふくれると、酔いがうまくまわらない。それが〝もったいない〟と思ったのだ。

食わなかったおかげで、二合壜が空く頃には、おれはほんのりと酔っていた。もう一本たのむのを自制するのはむずかしかった。二合壜への誘惑を何とかはねのけて、小さい方の徳利をたのむ。それをゆっくりと飲み終えると、勘定をすませて店を出た。

おばさんの声に見送られて、外に出ると、空は満天の星に輝いていた。

おれは深いため息をついた。

たまらなくバーボンが飲みたくなっていた。

天ぷらだの、徳利だの、こまごました小道具がわずらわしくなっていた。磨かれたカウンターの板の上にすっと出される、黄金色のダブル。それが頭から離れなかった。おれは病院とは反対の方角へ、ゆっくりと歩き出していた。

〈十八〉

気がつくと、おれは受話器を握っていた。

ここはどこだ。

そうだ。バーだ。初老のバーテンが一人でやっている、カウンターだけのトリスバー。ここでダブルを何杯飲んだのだろう。五杯か、六杯か。いや、もっとかもしれない。

耳の奥でコールが何回も鳴っている。おれは誰に電話しているのだろう。

「はい、もしもし」

かすれた女の声が電話口に出た。

「あ、もしもし」

「はい、もしもし」

おれは、相手が誰であるかに気づいた。

「もしもし、さやかか。おれだ」

「小島さん？　どうしたの、こんな時間に。一時よ、いま」

「ああ、知ってる」

実際には、おれはギョッとしていた。看護婦がラウンドをしている時間だ。もぬけの殻のおれのベッドに、懐中電灯が当たっているシーンが目に浮かぶ。おれは、口の中の粘り気を飲み込んで、つとめてしっかりしゃべろうと努力した。

「どうしても眠れなくってな。悪いと思ったけど電話してしまった」

「…………」

「おい、聞こえてるのか」

「小島さん、飲んでる」

「馬鹿なこと言うなよ。寝ぼけてんじゃないのか」

「だって、ろれつがまわってないもの。〝れんわ〟じゃなくて、〝電話〟でしょう?」

「いや、それは」

「飲んでるのね。どこにいるの、いま」

「いや、ほんとに違うんだって。鎮痛剤をもらってるから、舌がうまくまわらないときがあるんだ」

「ほんとに?」

「ほんとうだ」

そのときだ。さっきからカウンターの中で苦虫を嚙みつぶしたような顔をしていた初老のバーテンが、こっちへ声を寄こした。

「お客さん、何回も申しますが、とっくに閉店なんですよ。電話、長引くようなら、外の公衆電話でかけてもらえませんかね」

受話器のむこうで長い沈黙があった。

しばらくしてから、さやかの、ふるえを押し殺したような声が聞こえた。

「切るわよ」

「待ってくれ。どうしても言っときたいことがあって電話したんだ」

「聞きたくないわ」

「いや、言いたいんだ。今でないと言えないかもしれない。聞いてくれ。おれは」

切り裂くような声がそれをさえぎった。

「黙って。それ以上言う資格は、小島さんにはないでしょう」

「………」

「自分がいま、何をしているのか、よく見てみなさいよ。あなたが言おうとしていることは、たぶん、いま言ったらすべてが壊れるようなことなのよ。いまのあなたには私にそれを言う資格はないのよ」

「じゃ、資格ができたらどうなんだ。そのとき、君はどうするんだ」

しばらくの無言のあと、さやかは叩きつけるように電話を切った。おれはすぐにかけなおしたが、話し中の音声が聞こえるばかりだった。おそらくは、コードを引きちぎったか、配線ごと引っこ抜いたかしたのだろう。

おれは、しばらく受話器を握りしめて、額を冷たいカウンターに押し当てていた。目をつむっていても、世界はぐるぐる回っているようだった。

肩に手が置かれ、揺すぶられた。

「お客さん。閉店ですってば」

おれはもうろうとした目でバーテンを見上げた。

「ああ、すまない。いくらだ」

「お客さん、勘定はさっきすませたじゃないですか。大丈夫ですか、ずいぶん酔ってますよ」

「ああ、大丈夫だ」

おれは、バーを出てあたりを見回した。

方角がよくわからなかった。後ろでバーのシャッターのおりる鋭い音がした。

どうやら、病院の方だと思われる方角へ向けて歩き始める。まっすぐには歩けない。道をジグザグに進んでいる。

「なんでこんなに酔っ払っちまったんだろう」

何度も同じ区画を行きつ戻りつしながら、数時間は歩いたような気がした。実際には一時間くらいだったのかもしれない。やがて、病院の青白い静かな光が見えてきた。

病棟までたどりついて、裏口にまわるが、そこには鍵がかかっていた。

救急車の出入りがあるために、表玄関はいつも開放されている。人気《ひとけ》のない表玄関からロビーにはいる。外来受け付けや精算の窓口、処方投薬窓口などに囲まれた、広いロビーには、外来者用の長椅子が何十基と並べられている。

深夜の静まり返ったロビーを、音をたてずに通り抜けようとすると、

「午前さまか」

と聞き慣れた声がした。

ロビーの中央あたりの長椅子に、黒い人影がどっかりと腰をおろしていた。そいつはゆっくり立ち上がると、長身をおれの方へ向けて運んできた。

「どうだい。街は楽しかったかい。田舎町にしちゃ、けっこういいスナックがあっただろう」

赤河はポケットから煙草を取り出すと、一本くわえ、闇の中でライターの火を点《とも》した。一瞬、インド人のような顔が浮かび上がり、どんぐりまなこが煙そうにしかめられながらおれの方をにらんでいるのが見えた。

おれは、赤河の煙草の火が、吸いつけられてオレンジ色に輝くのをぼんやりとながめていた。

「ずいぶんいい匂いをさせてるな」

「先生、おれは……」

「どうしたい、まだ飲み足りないのか」

「…………」

「そうなんだな。もっと飲みたいんだな」

「いや、そんなことは」

「どうした。遠慮する柄《がら》じゃないだろう。かまうことはない、好きなだけ飲めばいいさ。飲ませてやるよ。私でよければ付き合うぞ。今夜はどうも飲みたい気分なんだ。さあ、ついてこいよ。恐がることはない。どうした、ついてこいよ」

赤河は手招きをすると、先に歩き始めた。

おれは、強い不安を感じた。こいつ、医者のくせにおれを殴る気じゃないのか。しかし、おれはもうどうでもいいような気分になっていた。黙って赤河のあとをついていく。

赤河は、廊下の突き当たりを折れると、新館の方へ歩《ほ》を進め、そこから階下への階段を下り始めた。

着いた所は、霊安室の前だった。

赤河は、白衣のポケットから鍵束を取り出すと、ロックを開いた。

重い音を立てて、霊安室の扉が開く。

「さ、はいれ」

おれは一瞬たじろいだ。

「こわいのか」

赤河が強い目の光を放っておれをにらみつけた。

「いえ」

霊安室にはいると、中はずいぶん明るかった。蛍光灯の光ではない。奥にしつらえられた祭壇に、ロウソクが何十本と点《とも》っているのだ。部屋全体にオレンジ色の光が揺れ動いている。

目の前に、以前福来を見つけたときと同じ白い台があった。そのときと違うのは、台の上に誰かが横たわっていることだ。白いシーツをかけられ、顔の上にも白布がかけられている。

「これは？」

おれが立ちつくしていると、赤河は黙って遺体の顔の上の布を取り払った。眠っているような、綾瀬少年の顔がそこにあった。

「綾瀬くん」

おれは、近づこうとしたが、足がもつれてうまく進めなかった。硬直して突っ立っているおれを、赤河はジロリと見て言った。

「今夜の十時頃、容体が急変した。亡くなったのは十一時〇二分だ」

「……そんな……」

おれは部屋を見渡した。

「誰も付き添いがいないんですか」

「親御さんは親族の結婚式で九州へ行ってる。連絡はとれたが、今晩中には来られない。タクシーで九州から来るって言ってたがな。通夜は明日の夜になる。私はムンテラをするために残ってたんだが、そんな事情でムンテラは明日になる」

「ムンテラって」

「家族に経過報告とか死亡状況の説明をすることだ。一人っ子だったらしい。学校も留年ばかりで、しかも休みがちだから、友だちもいなかったみたいだ。こんな所に付き添いもなしで一晩放っとかれたんじゃ、淋しいだろうから、私が今晩通夜をしてやるんだ。あんたもつきあえ」

赤河は、祭壇の方へ行くと、薬用アルコールの壜と、ビーカーをふたつ持ってきた。それからパイプ椅子をふたつ。純水の壜を一本。エチルの水割りを二杯作ると、ビーカーをおれに差し出した。

「さあ、飲めよ」

「はあ」

とても口をつける気にはならなかった。全身から酔いがすうっと引き始めていた。

「どうしたんだ、さっきまでいい調子で飲んでたんだろうが」

赤河はそう言うと、自分のビーカーを口に持っていき、一息で三分の一ほど飲みくだした。

「ぷふっ。こいつはこたえるな。学生時代はよくお世話になったもんだが」

おれはまだ茫然として綾瀬少年のまっ白な顔を見つめていた。

「でも、どうして。調子は悪そうだったけど、死んでしまうなんて」

「時間の問題ではあったのさ。私もこんなに急にくるとは予測していなかったが」

「でも、腎臓病だったんでしょ、ただの」

「ただの？　病気に〝ただの〟病気なんてものはない。この子の場合、いくつかの症状は全体のひとつの現われでしかなかった。あんたに説明してもわからんだろう。私にもはっきりとはわからんくらいの奇病だよ。チアノーゼが起こったときには、もうどうしようもなかった。ビルの火事をバケツで消そうとしてるようなもんだった」

おれは何を聞いているのか、よくわからなかった。ただただ混乱していた。

「でも、今日だって、本読んでたんですよ。しゃべってたし、笑ってたし」

「あんたが飲みに行ってる間に、すべて事情が変わったんだよ」

「おれが飲みに行ってる間にですか」

赤河は二杯目の水割りを作り始めた。

「妙なことを考えるなよ。あんたが飲みに行ったのと、この子が死んだのとは何のつながりもないんだからな。そんなことを少しでも考えるのは、死んだこの子に対して不遜《ふそん》ってもんだ。そうだろ」

「はい」

「私は、怒ってるわけではない。ほんとに怒ってなんかいない。あんたが病院抜け出して飲んだくれようが、肝硬変で死のうが。ほんとにもう、どうでもよくなっちまったんだ。こう言っちゃ悪いがね」

「…………」

「さあ、飲めよ。いまさらいい子ぶってどうする。この子の冥福を祈って、盃を干してやれよ。さあ」

赤河は、ビーカーを持ってだらりとしたおれの腕をつかむと、口もとへ持っていった。おれは意志のない人形のように、ビーカーの中のエチルを飲み下した。いがらっぽい、火のようなものが食道をおちていく。焼けた棒を突っ込まれたようだ。

「ちょっと強すぎませんか、これ」

赤河は黙って純水の壜をおれに渡した。おれはビーカーのふちまで水を足した。

「綾瀬くんは、自分の病気のことを知ってたんですか」

「知らなかった、と思うよ。この年の子にそんなことが言えるか。八十、九十の爺さんならともかく。両親にも決定的なことは言っていない。患者に対して変に優しくなったりしてしまうからな。よくない可能性が非常に高い、ということだけ告げてあった。後は病理学的説明だから、個別に一般書で調べていっても、病気の総体はつかめないだろう」

「そうですか。おれにはね、芝居が好きで、やってみたいって言ってましたよ」

「最後までそう思っててくれてたのなら少しは救われるんだがな」

「でも、変なことも言ってたな」

「何だ」

「あんまり自分は、何がしたいとか何になりたいとか言わないようにしてる、と。でないと、途中で死んでしまったら、残された人間がその分悲しむだろうからって」

「子供のくせに、そんなことまで考えてたのか」

「賢こい子だったから」

赤河は、水を飲むようにビーカーを干すと、三杯目を注ぎ始めた。たいへんなピッチだ。パイプ椅子から身をのりだして、少年の顔を見ながら言った。

「この子は十六だったかな」

「いや、十七ですよ。十七なのにまだ中学生だって言ってたから」

「十七か。というと、いくつだ」

「わけのわからんことを言わないでくださいよ。十七は十七ですよ。酔ったんですか」

「いや。私がいま四十三だから。十七ということはいくつちがうんだ」

「二十六ですよ」

「二十六引く十七はいくつだ」

「九ですよ」

「どうもこのエチルという奴は、計算能力にくるな。四十三ということは、この子の倍生きて、その上にまだ九年も生きたわけだ。二十六年、多く生きたんだな」

「そうですね」

「その二十六年間、私は何をした」

「え？」

「その二十六年間に、私は何をしたんだ」

「知りませんよ、そんなこと」

赤河は四杯目をつくっていた。

「二十六年の間に、私は一年、浪人し、医大で七年過ごし、その後は患者を見てきた。何万人という患者をだ。え？　そうだろ」

「そうでしょうね」

「ま、飲めよ」

赤河が、せっかく薄めたおれのビーカーに百パーセントのエチルアルコールをどぼどぼっと注いだ。どんぐりまなこは、完全にすわっていた。

「なおる奴もいりゃ、死んでく奴もいたよ。私は、なんとか助けてやりたいと思った。ことに子供の患者はな。そうだろ？　子供なんてのは、人生の中で一番つまらないことをさせられてるんだからな。私だって十七までに面白いことなんか何ひとつなかった。面白いのは大人になってからだ。ほんとに怒るのも、ほんとに笑うのも、大人にしかできないことだ。なぜなら、大人にならないと、ものごとは見えないからだ。小学生には、壁の棚の上に何がのっかってるかなんて見えないじゃないか。そうだろ？」

「そうですね」

「一センチのびていくごとにものが見えだして、風景のほんとの意味がわかってくるんだ。そうだろ？」

「そうです」

「なのに、なんで子供のうちに死ななくちゃならんのだ。つまらない勉強ばっかりさせられて、嘘っぱちの行儀や礼儀を教えられて。大人にならずに死ぬなんて、つまらんじゃないか。せめて恋人を抱いて、もうこのまま死んでもかまわないっていうような夜があって。天の一番高い所からこの世を見おろすような一夜があって。死ぬならそれからでいいじゃないか。そうだろ。ちがうかい？」

「いや、その通りです」

「私はな、なんとか助けてやりたいと思ったよ。子供をね。でも、そのうち、それも思い上がりだってことに気がついた」

「思い上がりですか？」

「そうだ。〝助けてあげたい〟ってのは思い上がりだよ。患者は自分で自分を助けるしかないんだ。医者が正義の味方のように現われて、悪い病をばっさり斬り捨てて去っていく。そんな幻想は医者の思い上がりだ。ま、そんなことに気づかない医者はおらんだろうがね。ほとんど……だが。医者というのは、たとえば駅へ行きたい人に道を教えてあげる煙草屋のおばさん。そんなようなもんでしかない。歩いて駅まで行くのはその人だ。煙草屋のおばさんが背負って走るわけにはいかんからな。もちろん、駅まで行きつけない人間もたくさんいるよ。力が尽きたり、道の教え方がまちがってたりだ。問題は、患者が、前へ進むことだ。だから、助けてやりたい、なんてことはこんりんざい思わないようにした。助かろうとする意志をもって、人間が前へ進んでくれればそれでいいんだ。恋も知らずに死んだって別にかまわない。知らないものは〝無い〟のと同じだ。生き残ったものがそれを持ち出して涙を流すなんてのは大きなお世話だ。この子はこの子なりに、精一杯前へ進んでたどり着けるとこまでたどり着いたんだ。他人のエチルを基準にしたって仕方がない」

ビーカーのエチルのゴールを一口ふくんで飲み下すと、赤河はふうっと息をついた。

「でもなあ……」

「でも、なんです？」

「小島さん。あんたはいくつになるんだ」

「三十五ですよ」

「三十五っていうと、この子といくつ違う」

「十八ですね」

また、おれのビーカーにエチルがつがれた。

赤河は、こぼれるのもかまわずに注ぐと、自分のビーカーにもつぎ足して、一口、二口あおった。

「あんたな、この病院出て、毎日大酒くらっても、二年は生きるぞ、最低で」

「はあ」

「もっと長いかもしれんが、肝硬変になって、食道静脈瘤になってってって考えていっても、最低二年は保つだろう。うん」

「はい」

「この子との差の十八年と、残りの二年を足して、ちょうど二十年だ。なあ」

「はい」

「それをこの子にくれてやれよ」

「え？」

「その二十年をくれてやれよ。そしたらこの子は、二年後に死ぬあんたと同じ三十七まで生きられる。くれてやれよ、それを」

「くれてやりたい気は、おれもするんですが」

おれは本心からそう言った。

「その気持ちはやまやまなんですが」

「やまやまだと？」

赤河がいきなり立ち上がって、おれの胸ぐらをつかんだ。

「きさまの二十年をこの子にやれないのなら、せめて、あやまれ。この子に土下座《どげざ》してあやまれよ」

「何をするんだ」

ものすごい力だった。赤河はそのままおれの体を肘《ひじ》にのせて持ち上げると、遺体の乗っている台の上に投げ捨てた。おれは、綾瀬少年の上にもろにおおいかぶさることになった。

その次の瞬間、おれの心臓は凍りつきそうになった。乗っかった綾瀬少年の青い唇から、

「あああああっ」

という声がもれたのである。

「せ、先生っ、生きてますっ」

「なにを？」

赤河は寄ってきて、少年の脈を取った。

「いや。たしかに死んでる。きさまが乗っかったんで、肺が圧迫されて空気がもれて、声帯がふるえたんだ。病院じゃたまにあることだ」

「おれが乗っかったって、あんたが投げつけたんじゃないか」

「そうとも。なんでこの子がここに寝てて、きさまが酔っ払って表で酒を飲んでるんだ。ここに冷たくなって寝てるのは、きさまでなけりゃならんのだ。さあ、その子にきさまの腐った二十年をくれてやれっ」

赤河はおれの横っ腹をつかむと、ゆさゆさ揺すり始めた。

「こいつは、酒乱だ」

おれは初めて気がついた。が、少しばかり気がつくのが遅かったようだ。赤河に押されたおれの体にまた押されて、綾瀬少年の体が少しずつ台の外へ傾き始めた。

「やめろっ、遺体が落ちる」

「そうだ。きさまがかわりにのっかれ」

ついに傾いた遺体が、鈍い音をたてて床の上に落ちた。

おれは、突然怒りの発作に襲われた。

「この野郎。死んだ人間になんてことする」

おれは起き上がって台からおりると、赤河のあごめがけて思いっきりパンチを放った。それはみごとに外れたのだが、幸いなことに奴の喉仏《のどぼとけ》にはいった。

「うっ」

とかすれた声をあげると、奴が体当たりしてきた。ふたりは台に当たって、そのはずみでエチルやビーカーや水の壜が床に落ちて四散した。その割れたガラスだらけの床の上で、おれと赤河は、組んずほぐれつのとっくみあいを続けた。上になった方が、相手の顔面に何発もパンチをいれる。そのうちに上下が逆転する。

四転五転したその転げ合いは、綾瀬少年の遺体にぶち当たって、やっと終わりになった。

下に押さえ込まれて、顔をそむけたおれの視線のその先に、少年の横顔があった。

馬乗りになった赤河から見ると、おれと少年の顔が並んでいる按配《あんばい》になっていたろう。

ふりあげたこぶしをゆっくりとおろすと、赤河は言った。

「遺体を台の上に戻すぞ。手伝え」

〈十九〉

二日酔いなどという生易しいしろものではなかった。吐いて吐いて、内臓まで吐きもどしてしまいそうに吐いたが、それでも気分はよくならなかった。吐き気と頭痛と、そして全身の血が煮られているような不快感。ひどい下痢。トイレからの帰りに看護婦詰所の前を通ると、中で赤河が注射をうってもらっていた。


「先生、おはようございます」

赤河は半分膜がかかったような、生気のない目をこちらに向けた。

「ああ、いい天気だな」

「何の注射ですか」

「ブドウ糖とビタミン剤だ。二日酔いが一発でなおる特効薬だ」

おれはごくっと唾を呑んだ。

「おれにもうってもらえませんか」

「何を言うか。入院して酒を断っとる人間がどうしてそんなものをうたんといかんのだ」

「先生は、どうして二日酔いなんですか」

「昨日、酒を飲み過ぎたんだ。腹の立つことがあってやけ酒を飲んでしまった。ああいう飲み方はいかんな」

「酒乱になりますからね」

注射をうっている看護婦が笑いを嚙み殺している。どうやら何もかも知っているようだ。

看護婦は、注射をうち終わると、忙しそうに詰所を出ていった。詰所は、おれと赤河だけになった。

「こっちへこい。特別サービスでブドウ糖をうってやる」

赤河は、新しい注射器をとると、ビタミンとブドウ糖の特効薬をたっぷりとその中に吸い上げた。

「そこに座れ。腕を出せ」

注射針が静脈の中にはいっていく。

向かいあって見る赤河の左目のまわりには、みごとな青タンができていた。あごの部分にも内出血の跡がある。それはおれも似たり寄ったりだった。

「先生、顔、どうしたんですか。アザだらけですよ」

「階段からおちたんだ……ということにしてある。さっきの彼女な、池田くんっていうんだが。あの子だけには全部話してある。彼女が霊安室のかたづけをしてくれた。おおっぴらになると、私はクビ、あんたは強制退院ってことになるからな」

「じゃ、おれも暗闇でインド人に襲われて、殴られたうえにむりやり酒を飲まされたってことにしときますよ」

「あり得ることだ。しかし、ひどい気分だ。頭が寺の鐘になって、坊主にがんがん撞《つ》かれてるような感じだ」

「体を裏返して水洗いしたいですね」

「まったくだ。さ、注射がすんだら出てってくれ。あんたは酒臭くていかん」

部屋を出ていきかけたおれに、背中から声がかかった。

「これはあんたの希望次第だが」

「何ですか」

「シアナマイドを投与するか。明日から」

「抗酒剤ですか」

「一度飲んでしまったからといって、やけくそになるタイプの人間はよくいる。自分に自信がないのなら、シアナマイドを飲んでおくべきだ。私としては、飲むことをすすめる。昨日の今日で、あまり言えた義理じゃないがな」

「わかりました。処方してください。先生も飲んだ方がいいと思いますがね、おれは」

詰所を出て病室の方へ歩いていくと、前方からほっそりした白い人影が近づいてきた。看護婦ではない。天童寺さやかだった。

おれとさやかは、目を合わせたまま次第に近づいていき、やがて一メートルほどの間をおいて立ちどまった。

おれは、さやかの目の奥をじっと見つめた。

静かな目だった。怒りも哀しみもない、感情が凪《な》いだような目だった。

「ひどいご面相《めんそう》ね」

「ああ」

「ぷんぷん匂うわ」

「外の空気が吸いたい。向かいの公園へ行かないか」

公園まで歩いていく間に、すっと気分がよくなっていくのを感じた。特効薬が効き始めたのだろう。

公園のベンチに腰かけると、さやかはすぐにハンドバッグから封筒を取り出した。

「お渡しするものがあって来ました」

おれは、地面の鳩の群れに目をやりながら言った。

「わかってるよ。そんなことをせずに、直接きみの口で言ってくれ」

「わかってる？　何がどうわかってるの」

「さよならを言いにきたんだろ。愛想も小想《こそ》も尽き果てて当たり前だ」

「……………」

「事務所の後処理もいいよ。おれが会計士と話をする。閉鎖してきれいにかたづける」

「退職願いを持ってきたと思ったのね」

「ちがうのかい」

「そうしたければそうしてもいいのよ」

「意地悪を言うなよ」

「きのう、あれから一睡もできなかったわ。考えに考えて」

「すまない」

「迷ったけれど、やっぱり見せることにしたのよ」

「見せる？　何をだ」

「あたしが小島さんに一番見せたくなかったものよ」

「何だろう。××××かな」

おれは、さやかの怒りをかきたてるためにわざと露骨な四文字を口にした。さやかのあまりの静けさが恐くてしかたがなかったのだ。ビンタのひとつもとんできたほうが、ずっと気が楽だ。

しかし、さやかは静かに微笑んだだけだった。軽べつの色すら見せてはくれなかった。

「××××ですって？　なんだ、そんなものが見たかったの、小島さん。言ってくれたらいつでも見せてあげたのに」

さやかは、封筒の中から、クリップでとめられたコピー用紙の束を取り出した。

「見せたいのはこれよ」

「何だい、それは」

「私と、兄さんと、両親の、つまり天童寺一家の〝恥〟のレポートよ」

「きみの家の？」

おれは、コピー紙を取って、目をやった。何かの雑誌のコピーらしい。横書きの活字がびっしりと並んだコピーが、二十枚あまりあった。

「〝アルコホリック家族とネットワーク・セッションによる援助・症例〈一〉〟。何なんだ、これは」

「それは、精神科のお医者さんの専門誌のコピーよ。書いてる人は、都内の国立病院の先生で、アルコール依存症の研究治療をしている人よ。考え方で言うと、システム理論っていうのを精神医学に持ち込んでいるの。アル中個人でなくて、家族全体の問題として、つまりアルコホリック家族っていうシステムの問題としてとらえるわけ。家族の中でのルール、ホメオスターシスを、〝共依存〟っていう新しい概念で」

「ああ、やめてくれ。ただでさえ頭が痛いのに。精神病理学のえらい先生のご高説はもうたくさんだ。ホメオスターシスより熱いコーヒーが欲しい」

「専門的な学説は私にもわからないわよ。でも、この先生はシステム論を前提にして、アル中をかかえた家族に対して、ネットワーク・セッションっていう援助のしかたをしているの。このコピーはその症例の具体的な部分を報告しているところよ」

「それときみと、何の関係が……」

言いかけて、おれははっと口をつぐんだ。

　さやかはまっすぐにおれの目を見て言った。

「そう、ここに出てくるのは、二十年近く前の、私たちの家なのよ。文中で、Fとなってるのが私の父親、Mが母親、Sが兄さんで、Dがまだ小さかった私。中学生の頃に、母親の机の中にあるのを見つけたの。とても、人に言えるようなものじゃない、恥ずかしい家の話だったわ。でも、これが私の生きていく道を照らしてくれることになった。後で考えればね。置いていきますけど、読んだら必ず捨ててくださいね」

「わかった」

「約束よ」

「おれが約束を破ったことがあるか」

「破らなかったことが今まで一回でもある？」

　さやかは力のない笑いを浮かべると、ベンチから立ち上がり、公園の出口へ向かって歩き始めた。

　さよならは言わなかった。

　おれは、病室にもどると、横になるかならないかのうちに、コピーを読み始めた。

『アルコホリック家族とネットワーク・セッションによる援助・症例〈一〉』

筆責・堺健一

対象となったのはT家で、世帯主Fがアルコール依存の問題をかかえていた。第一相談者（First Client）はT家の主婦Mであった。

㈠T家の構成と治療開始までの経過

T家の父親Fは治療開始時は五十一歳。無職で一家は生活保護を受けていた。Fは美術系の大学を卒業後、S・P（セールス・プロモーション）関連の代理店に入社、ワーカホリックとも言えるほどの仕事熱心で、頭も良く、周囲の評価は高かった。大学時代から社交的飲酒はあったが、会社にはいってからは本格的に飲むようになった。晩酌は欠かさず、仕事仲間との酒や、得意先の接待のための酒席にも進んで出たため、まわりからは〝酒が強い〟〝酒好き〟という目で見られていた。

三十五歳で見合いにより、Mと結婚。

結婚当初も、酒量は多いものの問題飲酒はなかった。

三十九歳の年末、酒席で上司の暴言をとがめたことから殴り合いの喧嘩になり、上司に全治二週間の打撲傷をおわせてしまう。このため十七年間勤めた会社を引責退職。自ら培《つちか》ってきたS・Pのノウハウを活用すべく、自分のプロダクションを設ける。しかし、大手企業とのパイプを持たないために経営は悪化し、この頃から、飲酒時のブラックアウト、家族に対して暴言を吐き、たまに暴力をふるうなどの問題行動が起こり始める。二日酔いのために出社しない日も増え、経営は悪循環を起こし、三年後にプロダクションは倒産する。この後、家で朝から一日中飲むようになり、本格的なアルコール依存の状態が始まる。

T家の主婦Mは、当時四十一歳。高校を卒業後、都内の食品メーカーに勤めていたが、二十五のときにFと結婚する。性格は消極的だが、芯の強いところも持っている。自己の依存渇望を「世話焼き」に変えて表現するという、女性特有の気質を家庭内では見せていた。

Mの父も大酒家であり、そのために家庭内でいろいろの問題があった。Fと結婚してすぐに父と同じ酒の問題があることにMは気づいたが、その頃はとりたてて問題にするほどの飲み方ではなかった。結婚の翌年に長男Sを出産。十二年後に三十八歳で長女Dを高齢出産。この頃にはすでに経営の悪化とFの問題飲酒で、家庭に暗い影が忍び込み始めていたことになる。

長男Sは十五歳。背は高いが痩せ過ぎの印象がある。無表情でめったに口をきかないが、Fが酔って暴れるときには、母親や妹をかばう役割を果たしていた。ただ、素面《しらふ》のときの父親とは、釣りに行くなどの男同士の交流もあり、Sの中での父親像は愛憎なかばした複雑なもののようだった。治療開始当時には、Sは登校拒否、拒食などの問題行動を見せ始めていた。

長女Dは三歳。性格的には活発だが、喘息《ぜんそく》の発作に悩まされていた。兄のSとの信頼関係は強く、母親に対してはときに際限なく甘えることがあった。父親のFは酔っていてもDだけには手を出さず、逆に異常なほどの猫可愛がりで接したが、Dはむしろその愛情を拒絶して母親や兄への親愛を示した。このために、Fの怒りは母親Mや長男Sに対して炸裂《さくれつ》することが多かった。

以上、T家のシステムを見るに、当初のT家の問題点は次のような点にしぼられる。

①Fのアルコール問題。ことに酔った際の暴言と暴力行動。
②Sの登校拒否、拒食。
③Dの喘息。

こうした諸問題を孕《はら》んだT家のコミュニケーションは以下のようなものである。

まず、母親Mからは、夫F、子供S・Dに対して、それぞれ濃密な介助の手がのびている。長男Sは、ときとして母親Mの援助者の役割を果たすため、〈M―S〉のカプセル（母親と息子のカプセル）を構成し、このカプセルが弱者であるDを保護する役割を果たしている。その結果としてF―M夫婦と子供たちとの間の世代境界は破れた状態にある。

(二)ネットワーク・セッション設立までの過程

(a)初期介入とFの入院

Sの登校拒否の問題を担任教師と相談したMは、教師の紹介を受けて区立の教育相談室へ行った。教育相談室カウンセラーは、Fのアルコール問題に重い要因があることを指摘し、区の保健所の酒害相談クリニックへ行ってみることをすすめた。翌週、

Mはクリニックを訪れ、アルコール問題担当の保健婦と面談した。保健婦はさらに筆者たちの援助チームを紹介、三日後に筆者の診断面接を受ける。このときに筆者は単刀直入にMに意見をのべた。

「あなたは非常に不幸そうな顔をしている。あなた自身も病んでいるのだから、まず、自分が幸福になることを第一に考えて、そこから家族の問題を見てみるようにしなければいけない」

と、定期的にもよおされている、ミーティングに出席することをすすめた。このミーティングは、援助チームが関わった人たちが参加して話し合う集まりである。Mは最初はとまどっていたが、ミーティング参加者には共通して、「参加者自身が幸福になることを考えよう」というムードがあるため、それに共感を感じて以降もひんぱんに出席するようになった。

その一方、援助スタッフはFの飲酒問題が近く悪化することを予測し、市立L病院のアルコール外来担当医とのコンタクトを開始した。同時にそのときの対処方法をもMにレクチャーし、態勢を整えた。

奇《く》しくも一週間後にこの予測は的中し、Fは危機的な連続飲酒の状態におちいり、衰弱を訴えた。

Mはレクチャーされた通りに過剰な保護を避け、治療の必要を説いて、専門機関への自主的な受診をすすめた。Fは諒解《りょうかい》して市立L病院のアルコール外来を自主的に訪れ、診断に従って専門病棟へ入院した。

(b)離婚

この一件で、Mはミーティングや援助スタッフに大きな信頼を置くようになり、自分の心中や家庭内部の事情を、少しずつ話すようになってきた。

夫に対しては何度となく離婚を考え、Fが暴れるたびに実家へ子供を連れて帰ったという。しかしその都度《つど》、泣いて詫びるFや、Fの親たちの懇願に会って、決意をひるがえしてきた。

ミーティングの席上、Mは、

「私の保護や許すこと自体がFのためになっていなかった。他人のために生きるという考え方が、逆にFがほんとうに生きることや、私がほんとうに生きることをさえぎっていたのかもしれない」

と発言した。

おりしも、その月の末に、Fは病院を抜け出し、酒を飲んで泥酔してそのまま家へ帰ってきてしまった。Mはこのことでついに離婚を決意し、Fに宣言する。Fは家を出て、近所にアパートを借り、一人で住むようになった。

離婚に際して、長男のSは激しく反対。「お父さんがかわいそうだ」と言った。最初に相談に行った教育相談室のカウンセラーからも、「離婚は子どもの登校拒否問題が解決してからにしてほしい」と言われ、Mは悩んだ。

これに対して筆者は、「子供の問題を優先して考えることはない。あなた自身が幸福になることが、子供へのプレゼントになるのではないか」と答えた。これによってMは離婚に踏み切り、法的手続きを完了させた。Sに対しては、「お母さんは幸せになるんだ」と言い、Sも最終的に納得したようだった。

ただ、Sはときおり Mに内緒で、Fのアパートに行き、父と会っているようだった。これにMは深く傷ついたが、表立ってSとこの話をすることはなかった。

(c)Sの自閉

親子三人の生活が始まると、家庭内の位相《いそう》、力関係に大きな変化が現われるようになった。それまではM―Sのカプセルが、Fに対立し、小さなDを守るという構図で、悲惨な安定状態を保っていた。ところが、Fが去って、M、S、Dの三人の家庭になると、Sの登校拒否の問題が大きく、浮かび上がってきたのだ。毎日激しい口論が続き、MとSの間に緊張関係が続くうちに、Sにチック（顔面けいれん）が出るようになった。加えて軽微ではあるが、母親Mに対して暴力行為をふるう前兆が見られた。Mの心の中では、このSの言動が、離婚したFの影とオーバーラップすることが度々あった。

一方、この母と兄の緊張関係に対して、Dは異常なほどの「つきまとい行動」を見せるようになった。ことに母親に対しては、いつもつきまとい、話しかけ、甘えたり抱きついたりする。夜も一晩中起きていてずっと話しかけてくるので、MもSも眠れない。

疲れ果てたMは、ついにDに睡眠薬を服用させるようになった。

こうした子供との葛藤、愛憎のために、Mは激しい良心の呵責《かしゃく》を感じ続けた。

そのために、ミーティングへの参加も途絶《とだ》えがちになり、T家の情報は援助スタッフに届かなくなりつつあった。

こういう、まったくの手詰まり状態を打開するために、筆者は関係者全員によるネットワーク・セッションを提案したのだった。

(d)セッション開始直前のT家の力学

当時、Mの援助希求によって、T家には数種類の援助の手がのびていた。筆者らの援助チーム、教育相談室のカウンセラー、福祉事務所ケースワーカー、学校、医師、保健所、そしてキリスト教徒であったMがたまに通う教会の牧師。友人。

こうした援助の手が、Mの中に、子供の問題はこうした他者が解決してくれるだろう、という依存を生んでいた。Mはこうした助けを恣意的に〝食い散らす〟ことができたのである。加えてMは家庭の中では「支配者」である。こうした状況がMに葛藤と同時に万能感をも与えていた。

援助者同士はお互いのことを知らず、援助の力はいわばT家を中心に、ヒトデのように放射状にのびていた。援助者同士は、横につながることで機能分担し、T家の閉じたシステムを、外へ向けてさらに大きく開く必要がある。

筆者はT家にかかわるFをも含む二十五、六名の人間に誘いの通知を出し、十四名の出席を得ることができた。Fに対しての連絡はMからなされたのだが、Fは「家族との同居のための話し合いなら出席する」との条件をつけてきた。Mはこれを拒否したため、Fは出席を断ってきた。

こうして第一回目のネットワーク・セッションの場が持たれた。出席したのは、T家からM、S、D。保健所から最初にMを面接したアルコール担当の保健婦。T家の生活保護を担当するケースワーカーと、F個人の生活保護を担当するケースワーカー。この二名が福祉事務所から出席。区の教育相談室からはカウンセラー一名。Sの中学からは二名、教会からは担当の牧師一名。Mの友人の主婦一名。市立L病院からはアルコール担当の医師一名。筆者たちのスタッフからは筆者以下二名のセラピストが出席した。

(三)ネットワーク・セッションの展開

(a)第一回セッション

第一回セッションは、保健所の一室を借りて、午前十時から二時間に亘《わた》って行なわれた。筆者はセラピストとして進行役をつとめたが、解説や解釈などは一切行なわず、いつものミーティングと同様、「言いっ放し聞きっ放し」の関係が成立するようにつとめた。

出席者は順番に自分の立場やT家とのかかわりなどを述べていった。T家の人々にも順番がまわってきたが、Mはいま自分たちがかかえている問題について話した。Sは意外にも、暗くはあるが理路整然と、父について、母について話した。三歳のDは舌ったらずに自分の母親について話し、会場はそのために笑いに包まれてなごやかなムードになった。

以下、T家の問題点について、フリーな話し合いが持たれた。その中で目立った事実は次のようなことだった。

①Sは父親に会いたがっている。しかし、ミーティングの中では、かたわらのMに気づかって、激しく父親を攻撃し、会いたくない、と発言した。

②Mは、Dに睡眠薬を飲ませていることをこれまでかくしていたが、このセッションで初めてそれが明らかになった。

③MはSの中に、Fの影を見て恐れている。また、そんな自分に対して苛責を感じている。

筆者は、次回のセッションを予告して会を終えた。終わってからもなかなか出席者は帰らず、あちらこちらで名刺交換や立ち話をする光景が見られた。出席者全員、T家にかかわる人たちの人数の多さ、多様さに何がしかの感動を受けていたのである。

向を示し始めている。

このセッションの後、T家には大きな変動があった。Sが自主的に学校に行く意志を示し始めたのである。週二回、登校拒否児用の学級に通うようになった。Mに対する言動は快活、かつ優しいものに変化し始めた。

それにつれて、Dのまつわりつき行為は母と兄に分散されるようになり、軽減の傾向を示し始めている。

(b)第二回セッション

第一回セッションから三ヵ月後、二回目のセッションが持たれた。

T家からはMだけが出席した。Fに対しては区の保健婦がたびたび連絡をしているのだが、いつも不在で行方が知れない。とりあえず二回目、三回目のセッションについての案内を郵便受けに入れてきてあるそうだ。

他の参加者は、ほぼ前回と異同はなかった。セッションは一回目のような緊張もなく、きわめてリラックスしたムードの中で行なわれた。主な内容は以下の通りである。

①セッションの冒頭、Mは、にこやかに笑っているSの写真を参加者に見せた。通学

は安定しており、回数も増えつつあるという。

②MはSに対して一種の和解を行なったようだ。それにつれてDの喘息発作が軽減してきたようで、不思議な気がする、と言った。ただ、Sの進級問題だけが不安のタネだという。これに対しては参加者の教育相談カウンセラーや教師たちからたくさんの励ましの発言が送られた。

③セッションの終わり近く、教育カウンセラー氏から、このセッションは、不在のFの影を色濃く引きずっているのではないか、との発言があった。これに対して筆者は、〝Fは不在というあり方で参加しているし、やがて実際に登場するだろう〟と述べた。この発言に対してMは激しい動揺を示した。Fがここへ来るのなら、私は出席できなくなる、Fには会えないし会いたくない、と言う。筆者は〝あなたが会える状態のときに彼は出てくるでしょう。会う気持ちのないとき、彼を恐れている間は出てこないから、心配することはない〟と答えた。

このセッションの翌月、FからMへ電話があった。Fは国立O病院に入院していたのである。退院してきて、保健婦からの連絡を読み、急いで電話してきたのだった。離婚以降の断酒はずっと続いている、という。

次の日、Mの諒解を得たうえで、Fは一年ぶりにT家を訪れた。Sは頑《かたく》なな無口を守って接したが、Dは喜んで父親に抱きついた、という。

その後、Fはときおり T家を訪れるようになった。

Mは、Fの入院状況が気になって、国立O病院をたずね、担当医に面接した。Fの病気は、酒による肝臓疾患云々ではなく、末期のすい臓ガンであった。

Fのその後の訪問は回数を増し、ときには泊まっていくようになり、やがては一緒に暮らす状態になった。SもいつしかFにうちとけて接するようになった。

(c)第三回セッション

T家から、初めてFが出席した。子どもたちは欠席。内容は以下の通りである。

①Mから、その後のFとの再会、現状について。Fがガンであること、Fもそれを承知していることなどの報告があった。

②福祉事務所のケースワーカーから、Fと家族が同居している状況が、生活保護の要件に合致しない、という厳しい指摘があり、座は緊張した。Fは、それに対する直接の答えはしなかったが、「私は残り少い日を、子供たちとMのために家でおくることに決めているのです」とケースワーカーに話した。

③牧師から、このセッションのような作業はかつては宗教の仕事だったはずだ、とい

う発言があった。これについて、筆者と牧師の間で、精神医療的な「治療」と、宗教的な「受容」との差異について、熱っぽい討論があった。
④最後の二十分間は、牧師の提案により、Fのガンについて、それによってもたらされる死と、残った家族の問題について、腹を割った討論がなされた。Fは終始動揺を見せなかったが、Mは最後の最後に号泣《ごうきゅう》した。

筆者は、次回のセッションについて、〝あるかもしれないし、ないかもしれない。私にはわからない〟と言って、会を終えた。

筆者は、会の後、Fに歩み寄って初対面のあいさつを交わした。会うのはまったく初めてなのだが、何年来の友人にあったような懐《なつか》しさと親愛を覚えた。Fは、「こんなに大勢の人が私たちのことを支えていてくれているということを初めて知りました。それなのに私は……私は……」と言ったまま、後は絶句《ぜっく》した。筆者の心も大きく揺さぶられていた。専門家として、落涙するところを人に見られたくはなかったので、参加者へのあいさつもそこそこにして、会場を後にした。

コピーはまだ数枚残っていて、このセッションの心理学的分析や意義のようなことが述べられていたが、おれはもうその先を読むことはできなかった。涙が後から後からこみあげてきて、視界が水びたしになってしまったせいである。

Ｆこと天童寺のおやじがその後、どうなったのかは書かれていない。「残り少い日を」と書いてあるから、おそらくその通りになったのだろう。

天童寺は、酒を飲むことで、父親に会っていたのだ。飲んで正体をなくすのは、失われた家に戻ること、父親を奪い返すことだったのだ。あげくの果てに、酔って車にはねられた。

そうして二人の人間を失ったさやかは、死者や闇の呪縛《じゅばく》にとらわれかけては引きちぎり、とらわれかけては引きちぎり、そうして、渾身《こんしん》の力で前へ進んできたのにちがいない。自分のために自分を生きる、天童寺一家のただ一人の生存者として。

そして、さやかは、いままた三人目の男を失おうとしているのだ。

〈二十〉


さやかの到着が遅くなって、退院が夜にまでずれ込んでしまった。

病院の建物を出ると、霧のような雨がふっていた。

四十日間世話になった病棟をふりむいてながめる。玄関口に赤河がぬっと立っていた。軽く目礼したあと、おれは赤河に投げキッスを放り投げて送った。赤河はそれを空中で受け止めると、地面に叩きつけ、靴先で何度も叩きつぶす動作をした。それから、物も言わずに病棟の方へ歩み去ってしまった。

「ふん。芸のない奴だ。〝二度とくるなよ〟くらい、言えないのかね」

氷雨《ひさめ》の中、駅までの道をとぼとぼと歩く。

駅前にくると、闇の中に見覚えのあるネオンが光っていた。

「ああ、ここだ」

「なに？」

「おれがきみに電話をしたバーだよ。愛想の悪い爺さんが一人でやってる」

「ふうん。こんなトリスバーから電話してたのか」

「はいってみよう」

おれは、バーの木戸を押した。

背中にさやかの視線が突きささった。

「小島さん……」

おれは、ふり返ると笑ってさやかを手招きした。

カウンターのとまり木に腰をおろすと、バーテンはおれの顔を見て、

「何にいたしましょう」

と無表情に尋ねた。この前のことは、忘れたふりをしてあげますよ、といったところだ。

「ミルクをくれ。ストレートで」

おれは言った。

「あたしも」

横でさやかがにこにこして言った。こんな笑い顔のできる女だったのか。

バーテンは、驚くのがくやしいのか、冷蔵庫から黙ってミルクを出し、グラスに注

いでいる。

「しまったな」

「どうしたの」

「病院に忘れものだ」

「なに？」

「三婆と賭けをしておれは負けたんだ。千円ずつ払わなきゃいけないのを忘れてた」

「何の賭けをしたの」

「人に言えないような、たちの悪い賭けだ」

「返しに行ってくる？」

「いや、もう二度と病院には戻りたくない」

さやかはじっとおれを見た。

「ほんとに二度ともどらない？」

「自信はあるが、絶対とは言えない。断酒会で会長やってても、再入院する人はいっぱいいるそうだからな」

ミルクが前に出された。

おれたちは、グラスを合わせて乾杯した。

「でも、変でしょ」

「なにが」

「バーのカウンターで、アルコールのはいってないものを飲むのは」

「いや、ちゃんと酒の味はする」

「そう？」

おれは自分にできる精一杯の二枚目の顔をつくって、さやかの肩に手をかけ、耳もとにささやいた。

「きみがおれのアルコールだ」

さやかが、高いスツールの脚を思いっきり蹴った。おれはなんとか平衡《へいこう》を保とうとしたが、そのままゆっくりと後ろへ倒れ込んでいった。

もうすぐバーの後壁にゴンと頭をぶつけるにちがいない。昔、酔っ払ってよくやったように。

いまこの瞬間も、何百、何千という酔っ払いが、同じことをやっているのだろう。今夜、紫煙にけむるすべてのバーで。ミルクの杯を高くかかげて、地上へ倒れていきながら、おれは連中のために呟いた。

「乾杯《スコール》」

引用文献

・「アルコール依存症の最新治療」斎藤学・高木敏・小阪憲司編　金剛出版
※小説末尾の「アルコホリック……症例〈一〉」は、この本の二五四〜二六一頁の斎藤学氏の症例報告を、ほぼ完全に下敷きにしたものであることをお断りしておきます。
・「アル中地獄」邦山照彦著　第三書館
・「飲酒症――『アルコール中毒』の本態」田中孝雄著　中公新書
・「アルコール中毒の恐怖――アメリカの現地レポート」甲斐睦興著　協和ブックス
・「エルヴィス・プレスリー自殺の真相」A・ゴールドマン著　月刊Asahi・一九九〇年九月号
・「剝離、ある病気に関する証言」W・バロウズ著、飯田隆昭訳　月刊imago・一九九〇年七月号
・「厄除け詩集」井伏鱒二著　筑摩書房

参考文献

・「アルコール中毒――社会的人間としての病気」なだいなだ著　紀伊國屋書店
・「アルコホリスムス――アルコール乱用と依存」W・フォイエルライン著、柳橋雅彦・松原公護訳　牧野出版
・「キチンドリンカー、無力からの回復」橋本明子著　亜紀書房

・「酒との出逢い」文藝春秋編　文春文庫
・「断酒――アルコール中毒克服法」服部進也・鷲山純一著　太陽出版
・「看護婦のとっておきドキドキ話」小林光恵著　大陸書房
・「病気の社会史」立川昭二著　NHKブックス
・「異常の心理学」相場均著
・「異常の構造」木村敏著
・「正常と異常のはざま」森省二著
・「ユングとオカルト」秋山さと子著
・「酒の話」小泉武夫著
以上、講談社現代新書

解説

町田 康（作家）

中島らもさんに文庫解説をお願いしたことがある。そうしたところらもさんはこれを引き受けてくださり、素晴らしい解説を書いてくださった。

その末尾にらもさんは、自分はこの本の最初の数編だけを読んで解説を書いた。なぜなら読まなくてもそのよさが解《わか》るからだ、という意味のことを書いておられ、私はそれがうれしかった。

そこで今回、その御恩に報いるため、私は本書を読まずに解説を書こうと試みた。といってまったく内容を知らないわけではなく、この本は単行本で出た頃に読んで、その内容は知っている（らもさんもそうだったらしい）。

ということで最初だけをちょっと読んで、それで解説を書こうと思ったのだけれどもそれができなかった。冒頭から引きこまれて、気がつくと最後まで読んでしまっていたからである。

なぜそんなことになったかというと、当たり前の話だが内容がおもしろかったからで、以下、自分がどこがどのようにおもしろいと感じ、それについてなにを思ったかを書くことにする。

この小説にはいくつかの局面、大まかに分けると四つの筋があり、挙げると左のようになる。

一、作者・中島らもに近い、語り手・小島容《いるる》に関する話
二、車に轢《ひ》かれて死んだ友人・天童寺《てんどうじ》不二雄の話
三、小島が入院している病院の入院患者たちと医師の話
四、天童寺不二雄の妹・さやかと小島容の話

である。

これらの筋が混じり合って、この小説の世界ができており、これらひとつびとつがどういうことを語って、それらが近づいたり、混ざったりすることでどんなことが起こるのか、どんな物語が生まれたのか。

まず、小島容が語る内容はなにかというと、いろいろ語っているが、ほぼその全て

が酒とはなにか、ということと、なぜ自分は酒を飲むのか、である。というと簡単なことのように聞こえるが、実はこれは難しいというか、はっきり言って回答不能な問いで、全ての酒飲みが考えても考えても答えることができない問いである。もちろん酒を飲まない者には絶対にこれがわからない。

そこのところに作者は切り込んでいく。

その、「人は（俺は）なぜ酒を飲むのか」という問いは容易に、「人はなぜ破滅を恐れながら破滅を目指すのか」という問いに発展、あまりにも苦しい自問自答となる。

それを成し遂げるための小説的工夫として、三、四の人達が作者の分身として登場してくる。

例えば医師の赤河は小島を知的な人間と評価して小島と様々に議論するが、これにより、酒が人間の精神と魂にどのような作用を及ぼすか、そしてそこから脱け出すことがいかに凄絶で困難なことであるかが語られる。

或《ある》いはまた、どうしようもない中毒患者である福来《ふくらい》もまた作者の分身であると考えられる。この福来は、飲酒によって内臓がかなりえげつないことになっている小島よりもさらに酷い状態になって、酒を飲んだら直ちに死ぬ、くらいのことになっている。にもかかわらず医師に隠れて酒を飲み、一寸先は闇の世の中で明日があると思う心が仇《あだ》になることもある。今が盛りと咲いている花も夜中に嵐が吹けば散ってしまう。今が大事、今が一番、酒を飲まず惨《みじ》めな人生を送るよりは今、この瞬間の酔いに身を任せ快楽に浸った方がよほど悧巧《りこう》、みたいなことを言い、酒を飲むことの意味・意義を主張する。これにはなぜ人は破滅せざるを得ないか、という問いに対する、「死ぬから」という明確な回答にもなっている。これは悪い方向に進んだ場合の、可能性としての小島の姿である。未来の小島、というか。

二、の車に轢かれて死んだ友人、天童寺不二雄の話はどうかというと、これにはモデルとなる人物がいるようにも思えるけれども、同時に、この人物もまた作者・中島らもの分身であるとも思える。内面に葛藤を抱えて、傍《はた》から見れば死にたがっているとしか思えない濫行《らんぎょう》、闘諍《とうじょう》を繰り返し、ついには本当に死んでしまう破滅的な人物、天童寺は、福来が未来にこうあるかも知れない小島の姿であるとするなら、天童寺は過去にこうあったかもしれない小島の姿であると言えるのである。これもまた、傍目にはムチャクチャに映る言動も、その根底には痛切な思い、悲哀があるという作者の実感を人物を通して描いている。

三、のことは右に話したが、これ以外にも多くの人が登場して様々な役割を果たす。これらは作者の分身と言うよりは、外の世界にあってほぼ作者に等しい小島を教え導く役割を果たす。それぞれにおもしろく味わい深いので、これについてはここで解説するよりは、読む人が夫夫《それぞれ》に味わうのがよいと思う。

なかで特に自分の心に沁《し》みたのは、作品中程で、かなり回復してきた小島と屋上で会話する西浦という老人の語りである。

その語る内容は口調と一体化して奥深く、らもさんより十歳年下の自分が二十歳くらいの頃まで、即ち、この作品が描かれた時代、くらいまでは確かにこのような口調で語る老人がまだ生きていた。その内容、そして口調を、いまや巷《ちまた》で実際に聞くことはできず、またあまりにも市井の、生の言葉であり、生の思想であるため、書き残されることはもちろん、芸能という形にも残らず、中島らもがこのような形で書き残しておいてくれ、それを今、読めることがありがたくてならない。私自身もこうした語りを、このように理想的な形で小説に書くことができれば、と思うが鈍才ゆえ無理だろう。頑張ろうとは思うけれども。

というのはいいとして、そういうことで、衰弱した小島に「三婆」は漲《みなぎ》る、生のパワー、を注入しているとも考えられるし、三、の人物たちの語りは、中島らもが愛した、いかにも大阪的な「あほぢから」のようなものはこの、死が横溢する作品に明るさ、生きる力をもたらしている。

ただし、生きたいと願いながら十七歳でみまかる綾瀬少年は別、彼は、その死によって、死と破滅に魅了され、生死の間で揺れる小島を生の側に転回させる。

四の、天童寺さやかの話は、小島との愛の物語で、この小説は、成長小説、教養小説、みたいな言い方をすれば、回復小説とも言えるが、しかし、この回復というのは実は難しく、なぜなら、小島には（そして天童寺家の人達には）、そもそも健康な状態にあって抱えていた問題というのがあり、医学的な処置によって順に、食欲、睡眠、性欲などが元の通りになったとすればなおのこと、元あった、不健康になることによって押し潰していた、破滅を志向する気持ち、死へ向かおうとする気持ちが、胸の内から湧き上がって、それをなんとかしない限り真の回復とは言えないからである。

その真の回復を齎《もたら》すのが天童寺さやかであり、小説はその愛が稔《みの》ることによって真の回復を得るところで終わってさわやかである。

「人はなぜ酒を飲むのか」「なぜ人は破滅に向かうのか」という問いに対する明確な答えはおそらく此の世にはない。

しかし本書は、その問いに対して誠実に考え、嘘やいつわりなく答えようとしたその記録である。そしてそれを小説という嘘の塊に仕立て上げ、読んでおもしろいものに仕立て上げた作者の才能と手腕に舌を巻くばかり。同業者としては酒でも飲まんことにはやってられませんわ。

本書は一九九四年三月に小社より刊行された文庫の新装版です。

|著者|中島らも　1952年、兵庫県尼崎市に生まれる。大阪芸術大学放送学科を卒業。ミュージシャン。作家。主な著書に、『明るい悩み相談室』シリーズ、『僕に踏まれた町と僕が踏まれた町』『お父さんのバックドロップ』『超老伝』『人体模型の夜』『白いメリーさん』『永遠も半ばを過ぎて』『アマニタ・パンセリナ』『寝ずの番』『バンド・オブ・ザ・ナイト』『らもチチ　わたしの半生　青春篇』『同・中年篇』『空のオルゴール』『こどもの一生』『ロカ』『君はフィクション』などがある。『今夜、すべてのバーで』で第13回（平成４年）吉川英治文学新人賞を、『ガダラの豚』で第47回（平成６年）日本推理作家協会賞（長編部門）を受賞した。2004年７月26日、転落事故による脳挫傷などのため死去。享年52。

今夜《こんや》、すべてのバーで〈新装版《しんそうばん》〉

中島《なかじま》らも

2020年12月15日第１刷発行
2024年11月15日第13刷発行

講談社文庫
定価はカバーに
表示してあります

発行者――篠木和久
発行所――株式会社　講談社
東京都文京区音羽2-12-21　〒112-8001
電話　出版（03）5395-3510
　　　販売（03）5395-5817
　　　業務（03）5395-3615

KODANSHA

デザイン―菊地信義
本文データ制作―講談社デジタル製作
印刷―――株式会社KPSプロダクツ
製本―――株式会社KPSプロダクツ

Printed in Japan

ISBN978-4-06-522097-9

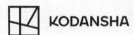

講談社文庫刊行の辞

二十一世紀の到来を目睫に望みながら、われわれはいま、人類史上かつて例を見ない巨大な転換期をむかえようとしている。

世界も、日本も、激動の予兆に対する期待とおののきを内に蔵して、未知の時代に歩み入ろうとしている。このときにあたり、創業の人野間清治の「ナショナル・エデュケイター」への志を現代に甦らせようと意図して、われわれはここに古今の文芸作品はいうまでもなく、ひろく人文・社会・自然の諸科学から東西の名著を網羅する、新しい綜合文庫の発刊を決意した。

激動の転換期はまた断絶の時代である。われわれは戦後二十五年間の出版文化のありかたへの深い反省をこめて、この断絶の時代にあえて人間的な持続を求めようとする。いたずらに浮薄な商業主義のあだ花を追い求めることなく、長期にわたって良書に生命をあたえようとつとめるところにしか、今後の出版文化の真の繁栄はあり得ないと信じるからである。

同時にわれわれはこの綜合文庫の刊行を通じて、人文・社会・自然の諸科学が、結局人間の学にほかならないことを立証しようと願っている。かつて知識とは、「汝自身を知る」ことにつきていた。現代社会の瑣末な情報の氾濫のなかから、力強い知識の源泉を掘り起し、技術文明のただなかに、生きた人間の姿を復活させること。それこそわれわれの切なる希求である。

われわれは権威に盲従せず、俗流に媚びることなく、渾然一体となって日本の「草の根」をかたちづくる若く新しい世代の人々に、心をこめてこの新しい綜合文庫をおくり届けたい。それは知識の泉であるとともに感受性のふるさとであり、もっとも有機的に組織され、社会に開かれた万人のための大学をめざしている。大方の支援と協力を衷心より切望してやまない。

一九七一年七月

野間省一

講談社文庫　目録

長浦　京　リボルバー・リリー
長浦　京　マーダーズ
中脇初枝　世界の果てのこどもたち
中脇初枝　神の島のこどもたち
中村ふみ　天空の翼　地上の星
中村ふみ　砂の城　風の姫
中村ふみ　月の都　海の果て
中村ふみ　雪の王　光の剣
中村ふみ　永遠《とわ》の旅人　天地の理《ことわり》
中村ふみ　大地の宝玉　黒《こく》翼《よく》の夢
中村ふみ　異邦の使者　南天の神々
夏原エキジ　Ｃｏｃｏｏｎ〈修羅の目覚め〉
夏原エキジ　Ｃｏｃｏｏｎ２〈蠱惑の焔〉
夏原エキジ　Ｃｏｃｏｏｎ３〈幽世の祈り〉
夏原エキジ　Ｃｏｃｏｏｎ４〈宿縁の大樹〉
夏原エキジ　Ｃｏｃｏｏｎ５〈瑠璃の浄土〉
夏原エキジ　連　理　の　宝〈Ｃｏｃｏｏｎ外伝〉
夏原エキジ　Ｃｏｃｏｏｎ〈京都・不死篇―蠢《しゅん》―〉
夏原エキジ　Ｃｏｃｏｏｎ〈京都・不死篇２―疼《とう》―〉
夏原エキジ　Ｃｏｃｏｏｎ〈京都・不死篇３―愁《しゅう》―〉
夏原エキジ　Ｃｏｃｏｏｎ〈京都・不死篇４―嗄《か》―〉
夏原エキジ　Ｃｏｃｏｏｎ〈京都・不死篇５―巡《めぐる》―〉
長岡弘樹　夏の終わりの時間割
ナガノ　ちいかわノート
西村京太郎　華麗なる誘拐
西村京太郎　寝台特急《メモリー・トレイン》「日本海」殺人事件
西村京太郎　十津川警部　帰郷・会津若松
西村京太郎　特急《アリバイ・トレイン》「あずさ」殺人事件
西村京太郎　十津川警部の怒り
西村京太郎　宗谷本線殺人事件
西村京太郎　奥能登に吹く殺意の風
西村京太郎　特急《スーサイド・トレイン》「北斗１号」殺人事件
西村京太郎　十津川警部　湖北の幻想
西村京太郎　九州特急「ソニックにちりん」殺人事件
西村京太郎　東京・松島殺人ルート
西村京太郎　新装版　殺しの双曲線
西村京太郎　新装版　名探偵に乾杯
西村京太郎　南伊豆殺人事件
西村京太郎　十津川警部　青い国から来た殺人者
西村京太郎　新装版　天使の傷痕
西村京太郎　新装版　Ｄ機関情報
西村京太郎　十津川警部　猫と死体はタンゴ鉄道に乗って
西村京太郎　韓国新幹線を追え
西村京太郎　北リアス線の天使
西村京太郎　十津川警部　長野新幹線の奇妙な犯罪
西村京太郎　上野駅殺人事件
西村京太郎　京都駅殺人事件
西村京太郎　沖縄から愛をこめて
西村京太郎　十津川警部「幻覚」
西村京太郎　函館駅殺人事件
西村京太郎　内房線の猫たち〈異説里見八犬伝〉
西村京太郎　東京駅殺人事件
西村京太郎　長崎駅《ナガサキ・レディ》殺人事件
西村京太郎　十津川警部　愛と絶望の台湾新幹線
西村京太郎　西鹿児島駅殺人事件
西村京太郎　札幌駅殺人事件
西村京太郎　十津川警部　山手線の恋人

西村京太郎 仙台駅殺人事件
西村京太郎 七人の証人〈新装版〉
西村京太郎 十津川警部 両国駅3番ホームの怪談
西村京太郎 午後の脅迫者〈新装版〉
西村京太郎 びわ湖環状線に死す
西村京太郎 ゼロ計画《プラン》を阻止せよ〈左文字進探偵事務所〉
西村京太郎 つばさ111号の殺人
仁木悦子 猫は知っていた〈新装版〉
新田次郎 新装版 聖職の碑《いしぶみ》
日本文芸家協会編 愛染夢灯籠〈時代小説傑作選〉
日本推理作家協会編 犯人たちの部屋〈ミステリー傑作選〉
日本推理作家協会編 隠された鍵〈ミステリー傑作選〉
日本推理作家協会編 Play《プレイ》推理遊戯〈ミステリー傑作選〉
日本推理作家協会編 Doubt《ダウト》きりのない疑惑〈ミステリー傑作選〉
日本推理作家協会編 Bluff《ブラフ》騙し合いの夜〈ミステリー傑作選〉
日本推理作家協会編 ベスト8ミステリーズ2015
日本推理作家協会編 ベスト6ミステリーズ2016
日本推理作家協会編 ベスト8ミステリーズ2017
日本推理作家協会編 2019ザ・ベストミステリーズ
日本推理作家協会編 2020ザ・ベストミステリーズ
日本推理作家協会編 2021ザ・ベストミステリーズ
二階堂黎人 ラン迷宮〈二階堂蘭子探偵集〉
二階堂黎人 増加博士の事件簿
二階堂黎人 巨大幽霊マンモス事件
新美敬子 猫のハローワーク
新美敬子 猫のハローワーク2
新美敬子 世界のまどねこ
西澤保彦 新装版 七回死んだ男
西澤保彦 人格転移の殺人
西澤保彦 夢魔の牢獄
西村健 ビンゴ
西村健 地の底のヤマ(上)(下)
西村健 光陰の刃《やいば》(上)(下)
西村健 目撃
楡周平 修羅の宴(上)(下)
楡周平 バルス
楡周平 サリエルの命題
西尾維新 クビキリサイクル〈青色サヴァンと戯言遣い〉
西尾維新 クビシメロマンチスト〈人間失格・零崎人識〉
西尾維新 クビツリハイスクール〈戯言遣いの弟子〉
西尾維新 サイコロジカル(上)〈兎吊木垓輔の戯言殺し〉(下)〈曳かれ者の小唄〉
西尾維新 ヒトクイマジカル〈殺戮奇術の匂宮兄妹〉
西尾維新 ネコソギラジカル(上)〈十三階段〉
西尾維新 ネコソギラジカル(中)〈赤き征裁vs.橙なる種〉
西尾維新 ネコソギラジカル(下)〈青色サヴァンと戯言遣い〉
西尾維新 ダブルダウン勘繰郎《かんくろう》 トリプルプレイ助悪郎《スケアクロウ》
西尾維新 零崎双識の人間試験
西尾維新 零崎軋識《ぜろざききしき》の人間ノック
西尾維新 零崎曲識の人間人間
西尾維新 零崎人識の人間関係 匂宮出夢との関係
西尾維新 零崎人識の人間関係 無桐伊織との関係
西尾維新 零崎人識の人間関係 零崎双識との関係
西尾維新 零崎人識の人間関係 戯言遣いとの関係
西尾維新 xxxHOLiC アナザーホリック ランドルト環《かん》エアロゾル
西尾維新 難民探偵
西尾維新 少女不十分
西尾維新 本題〈西尾維新対談集〉

西尾維新　掟上《おきてがみ》今日子《きょうこ》の備忘録
西尾維新　掟上今日子の推薦文
西尾維新　掟上今日子の挑戦状
西尾維新　掟上今日子の遺言書
西尾維新　掟上今日子の退職願
西尾維新　掟上今日子の婚姻届
西尾維新　掟上今日子の家計簿
西尾維新　掟上今日子の旅行記
西尾維新　掟上今日子の裏表紙
西尾維新　新本格魔法少女りすか
西尾維新　新本格魔法少女りすか2
西尾維新　新本格魔法少女りすか3
西尾維新　新本格魔法少女りすか4
西尾維新　人類最強の初恋
西尾維新　人類最強の純愛
西尾維新　人類最強のときめき
西尾維新　人類最強のsweetheart
西尾維新　りぽぐら！
西尾維新　悲鳴伝

西尾維新　悲痛伝
西尾維新　悲惨伝
西尾維新　悲報伝
西尾維新　悲業伝
西尾維新　悲録伝
西尾維新　悲亡伝
西尾維新　悲衛伝
西尾維新　悲球伝
西村賢太　どうで死ぬ身の一踊り
西村賢太　夢魔去りぬ
西村賢太　藤澤清造追影
西村賢太　瓦礫の死角
西川善文　ザ・ラストバンカー〈西川善文回顧録〉
西川　司　向日葵《ひまわり》のかっちゃん
西　加奈子　舞台
丹羽宇一郎　民主化する中国〈習近平がいま本当に考えていること〉
似鳥　鶏　推理大戦
貫井徳郎　新装版　修羅の終わり(上)(下)
貫井徳郎　妖奇切断譜

額賀　澪　完パケ！
A・ネルソン　「ネルソンさん、あなたは人を殺しましたか？」
法月綸太郎　法月綸太郎の冒険
法月綸太郎　新装版　密閉教室
法月綸太郎　怪盗グリフィン、絶体絶命
法月綸太郎　怪盗グリフィン対ラトウィッジ機関
法月綸太郎　キングを探せ
法月綸太郎　名探偵傑作短篇集　法月綸太郎篇
法月綸太郎　新装版　頼子のために
法月綸太郎　誰《たそ》彼《がれ》〈新装版〉
法月綸太郎　法月綸太郎の消息
法月綸太郎　雪密室〈新装版〉
乃南アサ　不発弾
乃南アサ　地のはてから(上)(下)
乃南アサ　チーム・オベリベリ(上)(下)
野沢　尚　破線のマリス
野沢　尚　深紅
野村克也／宮本慎也　師弟
乗《のり》代《しろ》雄《ゆう》介《すけ》　十《じゅう》七《しち》八《はち》より

講談社文庫　目録

藤井邦夫　渡世人〈大江戸閻魔帳㈢〉
藤井邦夫　笑う女〈大江戸閻魔帳㈣〉
藤井邦夫　罰《ばち》当《あた》り〈大江戸閻魔帳㈤〉
藤井邦夫　福の神〈大江戸閻魔帳㈥〉
藤井邦夫　野暮天〈大江戸閻魔帳㈦〉
藤井邦夫　仇《あだ》討《う》ち異聞〈大江戸閻魔帳㈧〉
福澤徹三　糸《し》柳《やなぎ》寿《とし》昭《あき》　忌《い》み地〈怪談社奇聞録〉
福澤徹三　糸柳寿昭　忌み地　弐〈怪談社奇聞録〉
福澤徹三　糸柳寿昭　忌み地　惨〈怪談社奇聞録〉
福澤徹三　糸柳寿昭　忌み地　屍《し》〈怪談社奇聞録〉
福澤徹三　作家ごはん
藤井太洋　ハロー・ワールド
藤野嘉子　生き方がラクになる 60歳からは「小さくする」暮らし
富良野　馨《かおる》　この季節が嘘だとしても
藤井聡太　山中伸弥　前人未到
藤井聡太　丹羽宇一郎　考えて、考えて、考える
伏尾美紀　北緯43度のコールドケース
ブレイディみかこ　ブロークン・ブリテンに聞け〈社会・政治時評クロニクル 2018–2023〉
辺見　庸　抵抗論

星　新一　エヌ氏の遊園地
星　新一 編　ショートショートの広場①〜⑨
本田靖春　不当逮捕
保阪正康　昭和史 七つの謎
堀江敏幸　熊の敷石
本格ミステリ作家クラブ編　ベスト本格ミステリ TOP5〈短編傑作選002〉
本格ミステリ作家クラブ編　ベスト本格ミステリ TOP5〈短編傑作選003〉
本格ミステリ作家クラブ編　ベスト本格ミステリ TOP5〈短編傑作選004〉
本格ミステリ作家クラブ選・編　本格王2019
本格ミステリ作家クラブ選・編　本格王2020
本格ミステリ作家クラブ選・編　本格王2021
本格ミステリ作家クラブ選・編　本格王2022
本格ミステリ作家クラブ選・編　本格王2023
本格ミステリ作家クラブ選・編　本格王2024
本多孝好　君の隣に
本多孝好　チェーン・ポイズン〈新装版〉
穂村　弘　整形前夜
穂村　弘　ぼくの短歌ノート
穂村　弘　野良猫を尊敬した日

堀川アサコ　幻想郵便局
堀川アサコ　幻想映画館
堀川アサコ　幻想日記店
堀川アサコ　幻想探偵社
堀川アサコ　幻想温泉郷
堀川アサコ　幻想短編集
堀川アサコ　幻想寝台車
堀川アサコ　幻想蒸気船
堀川アサコ　幻想商店街
堀川アサコ　幻想遊園地
堀川アサコ　殿の幽便配達〈幻想郵便局短編集〉
堀川アサコ　魔法使ひ
堀川アサコ　メゲるときも、すこやかなるときも
本城雅人　境界〈横浜中華街・潜伏捜査〉
本城雅人　スカウト・デイズ
本城雅人　スカウト・バトル
本城雅人　嗤うエース
本城雅人　贅沢のススメ
本城雅人　誉れ高き勇敢なブルーよ

講談社文庫　目録

舞城王太郎　好き好き大好き超愛してる。
舞城王太郎　私はあなたの瞳の林檎
舞城王太郎　されど私の可愛い檸檬
舞城王太郎　畏《おそ》れ入谷《いりや》の彼女の柘榴《ざくろ》
舞城王太郎　短篇七芒星
真山　仁　虚像の砦
真山　仁　新装版ハゲタカ(上)(下)
真山　仁　新装版ハゲタカII(上)(下)
真山　仁　レッドゾーン(上)(下)
真山　仁　グリード〈ハゲタカIV〉(上)(下)
真山　仁　ハーディ〈ハゲタカ2・5〉(上)(下)
真山　仁　スパイラル〈ハゲタカ4・5〉
真山　仁　シンドローム〈ハゲタカ5〉(上)(下)
真山　仁　そして、星の輝く夜がくる
真梨幸子　孤《こ》虫《ちゅう》症《しょう》
真梨幸子　深く深く、砂に埋めて
真梨幸子　女ともだち
真梨幸子　えんじ色心中
真梨幸子　カンタベリー・テイルズ
真梨幸子　イヤミス短篇集
真梨幸子　人生相談。
真梨幸子　私が失敗した理由は
真梨幸子　三匹の子豚
真梨幸子　まりも日記
松本裕士　兄弟〈追憶のhide〉
円居　挽　原作 福本伸行　カイジ ファイナルゲーム 小説版
松岡圭祐　探偵の探偵
松岡圭祐　探偵の探偵II
松岡圭祐　探偵の探偵III
松岡圭祐　探偵の探偵IV
松岡圭祐　水鏡推理
松岡圭祐　水鏡推理II〈インパクトファクター〉
松岡圭祐　水鏡推理III〈パレイドリア・フェイス〉
松岡圭祐　水鏡推理IV〈アノマリー〉
松岡圭祐　水鏡推理V〈ニュークリアフュージョン〉
松岡圭祐　水鏡推理VI〈クロノスタシス〉
松岡圭祐　探偵の鑑定I
松岡圭祐　探偵の鑑定II
松岡圭祐　万能鑑定士Qの最終巻〈ムンクの〈叫び〉〉
松岡圭祐　黄砂の籠城(上)(下)
松岡圭祐　シャーロック・ホームズ対伊藤博文
松岡圭祐　八月十五日に吹く風
松岡圭祐　生きている理由
松岡圭祐　黄砂の進撃
松岡圭祐　瑕疵《かし》借り
松原　始　カラスの教科書
益田ミリ　五年前の忘れ物
益田ミリ　お茶の時間
マキタスポーツ　一億総ツッコミ時代〈決定版〉
丸山ゴンザレス　ダークツーリスト〈世界の混沌《カオス》を歩く〉
松田賢弥　したたか 総理大臣・菅義偉の野望と人生
真下みこと　#柚莉愛《ゆりあ》とかくれんぼ
真下みこと　あさひは失敗しない
松野大介　インフォデミック〈コロナ情報氾濫〉
松居大悟　またね家族
前川　裕　逸脱刑事
前川　裕　感情麻痺学院

2024年9月13日現在